이번 생은 황제로 살겠다

STAY 판타지 장편소설

이번 생은 황제로 살겠다 3

초판 1쇄 발행 2023년 6월 22일

지은이 ｜ STAY
발행인 ｜ 최원영
편집장 ｜ 이호준
편집 ｜ 송영규 최종건 정재웅 양동훈 곽원호 조정범 강준석 김시언
편집디자인 ｜ 한방울
영업 ｜ 김민원

펴낸곳 ｜ ㈜ 디앤씨미디어
등록 ｜ 2002년 4월 25일 제20-260호
주소 ｜ 서울시 구로구 디지털로 26길 111 JnK디지털타워 503호
전화 ｜ 02-333-2513(대표)
팩시밀리 ｜ 02-333-2514
E-mail ｜ papy_dnc@dncmedia.co.kr
블로그 ｜ blog.naver.com/gnpdl7

ISBN 979-11-364-4532-2 04810
ISBN 979-11-364-4483-7 (SET)

PAPYRUS FANTASY STORY · 3

이번생은 황제로 살겠다

STAY 판타지 장편소설

PAP
YRUS
피피루스

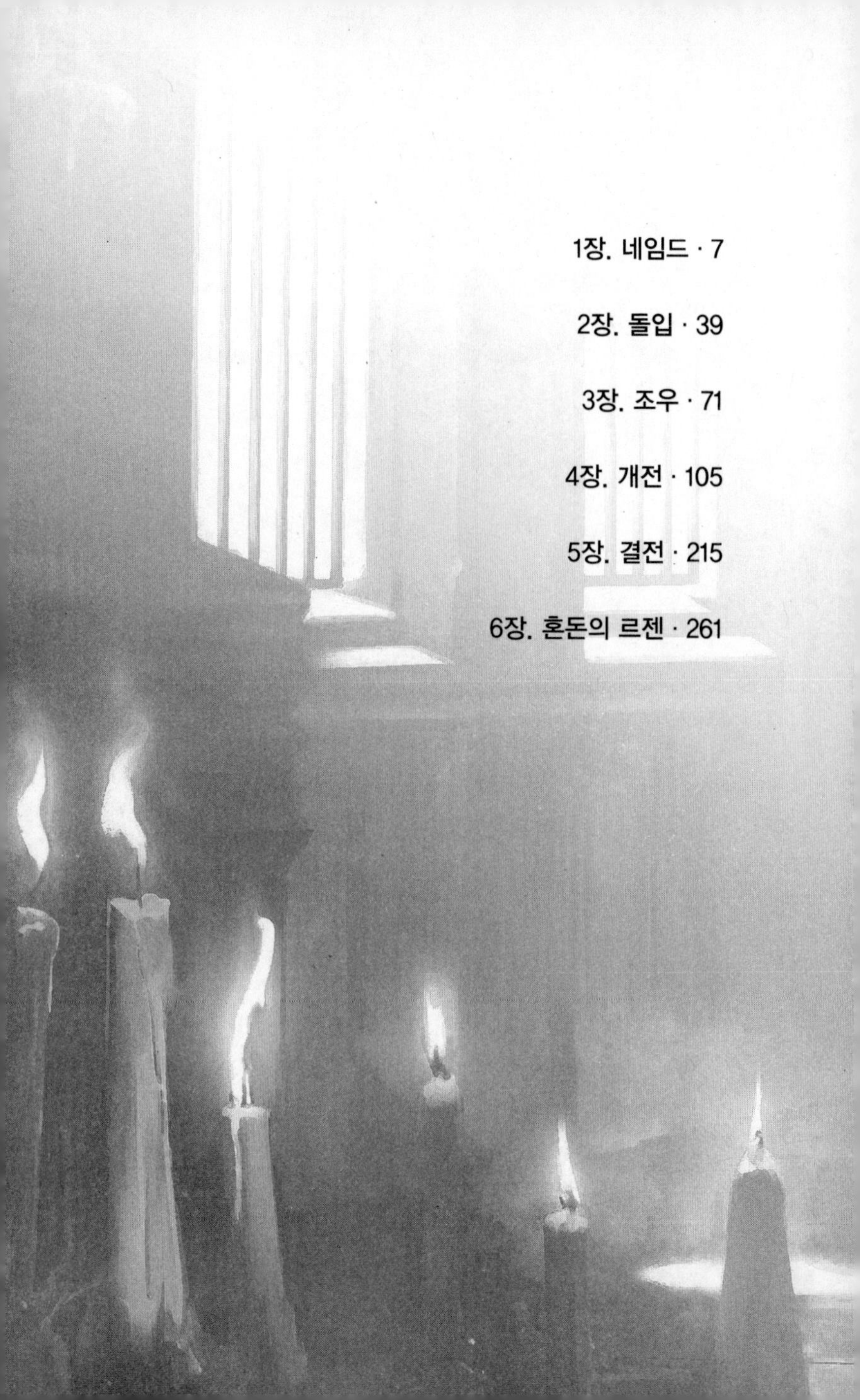

1장. **네임드**

네임드

페르노크가 떠난 지 벌써 1년이 지났다.

라이오닉의 마지막 재료가 도착하기를 기다리며 성의 기능을 점검하던 루인에게 익숙한 신호음이 들렸다.

루인이 쌍바위 지점에 나오자 낯선 사내가 고개를 꾸벅 숙였다.

"안녕하십니까. 리오 님의 심부름을 도맡아 하는 12호라고 합니다."

"12호? 아, 혹시 리오가 은밀히 추진한다던 그림자 부대 말인가요?"

"그렇습니다. 루인 님을 만나 뵙게 되어 영광입니다."

루인은 간간이 페르노크의 소식을 전해 들었다.

리오가 사람을 시켜 편지를 보내왔는데, 정보 단체의

필요성을 느끼며 그림자 부대를 창설한다고 말했었다.

오래 걸릴 거라고 했었지만 예상보다 틀을 빨리 갖춘 것 같았다.

역시 리오의 추진력이 남다르다고 생각하며 루인이 부드럽게 물었다.

"페르노크 님과 리오는 잘 지내고 있습니까?"

"두 분 다 건강하십니다. 특히 페르노크 님은 이제 어엿한 산맥의 주인으로 발돋움하셨죠."

12호가 두툼한 편지뭉치를 루인에게 공손히 건넸다.

"리오 님께서 때가 온 것 같다고 하셨습니다."

"일단 봐야겠지만, 너무 조급하게 움직이지 말아 달라고 전해 주십시오."

"예. 이만 물러가겠습니다."

12호가 고개를 숙이곤 다시 왔던 길을 내려갔다.

리오는 편지 뭉치를 들고 성으로 돌아왔다.

곱게 적힌 글씨를 한 자씩 음미하며 읽어 내려갔다.

[친애하는 루인 님께.

어느덧 1년이 흘렀습니다.

처음 루인 님의 말을 반신반의하며 페르노크 님을 관찰하던 게 엊그제 같은데, 저는 이제 페르노크 님께 적응한 것 같습니다.

어쩌면 조만간 루인 님을 뵐지도 모르겠네요.

두 분의 약속이 이뤄질 날이 머지않았으니까요.]

산맥의 주인을 죽이고 공허한 눈동자를 가져와 라이오닉을 완성시킨다면 바로 페르노크와 합류해서 움직인다.

하지만 정상을 정복하지 못한다면 성으로 돌아와 착실히 수행하여 훗날을 노린다.

한순간도 내기를 잊지 않았다.

[페르노크 님께선 날마다 성장하고 계십니다.

이젠 고도 5500미터 이상을 혼자 횡단하시며, 중상위 마물 여러 마리가 덤벼도 쉽게 제압하십니다.

이 기세대로라면 몇 년 안에 마도사가 될 거라 감히 짐작해 봅니다.]

페르노크가 7레벨 마법사가 된 순간, 리오는 누구보다 빠르게 루인에게 이 사실을 전했다.

루인은 놀람을 금치 못했다.

타고난 재능의 차이가 마법이라고 불린다지만 불과 1년 사이에 4레벨이 7레벨까지 성장한 경우는 역사적으로도 드물다.

대륙 최강이라 일컬어지는 라키스 제국의 공작에 버금가는 속도였다.

급한 성장엔 보통 화가 따른다지만 페르노크는 루인의

가르침을 충실히 이행하며, 동급의 마법사들보다 우위를 점하는 실력자가 되었다.

당장 르젠에서 작위를 원한다면 백작 이상이 될지도 모른다.

페르노크의 성장이 몹시 기뻤지만, 한편으론 두렵기도 하였다.

빠르게 강해진 사람은 성급하게 일을 추진하다가 거꾸러지는 경우가 많기 때문이다.

젊은 시절 루인도 치기 어린 행동으로 용병단을 와해시킬 뻔했다.

당시에 보들레아라는 리더가 있어서 겨우 마무리 지을 수 있었다.

하지만 페르노크 곁에는 브레이크를 걸어 줄 사람이 없다.

그들은 모두 야망을 품고 있으니까.

[네임드는 산맥의 주인이 되었습니다.

7레벨 마법사 1명.

6레벨 마법사 2명.

5레벨 마법사 3명.

4레벨 마법사 50명.

전 세계 용병단 중 가장 큰 세력을 자랑하며, 르젠 왕국의 파벌들도 은밀히 접촉할 정도입니다.

하지만 페르노크님께선 일루미나로 돌아갈 것을 염두하시어 그들의 제안을 거절하셨죠.

그리고 산맥으로 몰려드는 용병들 중 재능이 충만한 자들만을 엄선해 본격적인 '마법 병단' 꾸미기에 들어가고 있습니다.

최근엔 할람 부길드장이 6레벨로 올라갈 단서를 발견하여 길드의 전력은 단시간에 급성장할 것으로 판단됩니다.

아직 간부진들에게 페르노크 님의 정체를 밝히진 않았지만, 이것도 시간문제일 듯합니다.

페르노크 님은 이제 준비가 끝났다고 하셨습니다.

길드에게 자신이 사생아임을 드러내고, 곧바로 정상을 정복하겠다고 하십니다.]

루인은 편지의 남은 부분을 쓱 훑었다.

정상 정복까지 도달할 시기와 이후의 문제들이 적나라하게 적혀 있었지만, 상황을 몹시 긍정적으로 판단하고 있었다.

'쉽지 않겠군.'

본래 루인은 페르노크가 혼자의 힘으로 극복하거나 몇 명의 동료만 포섭해 정상으로 올라가는 그림을 상상했다.

하지만 페르노크는 탁월한 능력을 바탕으로 길드를 창

설하면서 단시간에 세력을 일구었다.

루인의 예측과 벗어난 이 상황은 겉보기만 화려할 뿐이다.

이후 찾아올 큰 폭풍에 휩쓸리고도 멀쩡할지는 보장할수 없다.

'왕국의 파벌들이 접촉을 시도한다고 했으니, 아마도 네임드는 왕국의 감시 대상 중 하나가 되었을 터. 네임드가 선을 넘는 순간 왕국은 반드시 움직인다.'

이 세상에 A급 길드가 단 10개뿐인 이유.

그 정도가 왕국들이 관리하기 편하다고 생각하기 때문이다.

국가는 돈에 좌우되는 용병들의 세력이 커지는 상황을 원치 않는다.

자칫 적국에 붙거나, 영지에서 항쟁이라도 벌인다면 자국에 불어 닥칠 손실은 상상만 해도 끔찍하다.

그런 측면에서 네임드는 여러 왕국들이 예의주시하는 신흥 세력이다.

특히, 왕권 강화와 귀족 파벌의 세력 강화가 복잡하게 얽힌 르젠 왕국에서 네임드 같은 세력을 가만둘 리 없다.

'정상 정복이면 결코 호의적이지 않겠지.'

페르노크가 정상 정복을 선언한 순간, 르젠 왕국은 움직일 것이다.

그들의 주요 산업 중 하나를 찌르고 들어오겠다는데 쌍

수를 들고 환영할 나라가 어디 있겠는가.

하물며, 그것이 용병인 데다가 세력마저 후작가 사병에 버금갈 정도라면 이는 험한 수순으로 이어질 가능성이 높다.

[……저희에게 닥칠 위험도 모두 생각하고 있습니다.

아마도 많이 걱정하시겠죠. 하지만 페르노크 님의 뜻은 굳건합니다.

그리고 그분께서 뜻을 세우셨을 때, 실패한 일은 존재하지 않습니다.

이번에도 결과로 증명하겠습니다. 그곳에서 편안히 즐겨 주시길 바랍니다.

-루인 님과 함께할 날을 그리며, 리오가-]

루인이 편지 뭉치를 잘 접어 상자에 넣어 두었다.

지금껏 리오가 보낸 편지가 한가득 쌓여 있었다.

모두 불확실한 도전에 대한 보고였고, 페르노크는 보란 듯이 성공했다.

하지만 네임드의 세력이 두려운 속도로 성장하는 이 시국에 국가의 압박을 페르노크가 견딜 수 있을 것인가.

고민하던 루인이 자리에서 일어나 지팡이와 중절모를 챙겼다.

"외부 요인은 최대한 덜어 내야 공정한 내기가 되겠지."

루인이 중절모를 눌러 쓰며 성을 떠났다.

*　*　*

마물의 산맥, 고도 500미터.

원형 구덩이에 우뚝 선 페르노크가 주위를 둘러보았다.

적당히 호흡이 벅차며 마력 발동이 한 박자 늦어지는 수준의 환경.

수풀과 나무 사이에서 불균형한 신호가 찾아온다.

화르륵!

불씨가 타오르자마자 페르노크는 지면을 세게 내리쳤다.

흙이 사방으로 튀기며 시야를 가렸다.

"후방 지원! 시야를 확보해라!"

엔리의 명령이 거칠게 하달되기 무섭게 바람이 자욱한 흙무더기를 날려 버렸다.

"선봉대! 앞으로!"

살리오의 묵직한 목소리가 전방에서 찾아왔고.

"지금!"

돌격대를 통솔하는 할람이 후방에서 강화 계열 마법사와 함께 정직한 충돌을 실행한다.

네임드가 결성되고 1년.

페르노크는 산맥 귀퉁이에 수련장을 만들었다.

이곳의 지리적 특성이 길드 마법사들에게 모래주머니와 같은 역할을 한다고 판단.

페르노크가 직접 그들을 지도하며 부족한 점을 보완해 나갔다.

먼저, 엔리가 이끄는 후방 지원대에는 자연계와 특이계가 혼합되어 있다.

엔리는 자연계 마법사의 약점인 느린 캐스팅을 특유의 민첩한 암살 능력으로 보완해 준다.

자연계 마법사가 습격당하지 않도록 주변을 감시하고 위험을 제거한다.

그 시간 사이에 완성된 캐스팅으로 전장에 포화를 집중시키면, 엔리는 특이계 마법사들과 혼란스러운 전장에 난입하여 적장의 목을 노린다.

치고 빠지는 연계에 한 점의 흐트러짐이 없어야 해서, 후방 지원대는 높은 수준의 집중력을 요구한다.

"장벽!"

페르노크는 흙무더기가 사라지는 틈을 타 후방에 모습을 드러냈다.

엔리는 익숙한 패턴이라는 듯 후방 지원대에게 물의 장벽을 명했다.

불투명한 너머 페르노크의 모습이 일렁였다.

확보된 시야로 자연계 마법이 쏟아졌다.

콰아앙!

폭음이 빗발치는 장벽 너머에 페르노크가 사라졌다.

엔리는 바로 특이계 마법사들을 오망성으로 펼쳤다.

"좌상단! 45도!"

뒤도 돌아보지 않고서 엔리와 특이계 마법사들의 공격이 동시에 쏟아졌다.

카앙!

막히는 소리가 들리고 나서야 그들의 시야가 한곳에 모였다.

보지 않았음에도 정확히 페르노크의 가드를 두들기고 있었다.

'호흡이 좋아졌어.'

수많은 연습 끝에 후방 지원대는 공수 전환이 탁월해지고, 목표를 노리는 정밀도가 올라갔다.

'출력만 조금 더 높이면 볼만하겠군.'

페르노크가 착지함과 동시에 오버 임팩트를 터트렸다.

그 순간, 살리오의 선봉대가 거대한 파동을 일으켰다.

선봉대는 일행의 단단한 방패이자 대형 몬스터나 성문을 부술 만큼 강맹한 일격을 자랑하는 묵직한 부대.

살리오가 망치를 높게 들어 올리자, 부대의 마력이 모두 그곳에 빨려 들어갔다.

'신입의 마법이 썩 괜찮아.'

한 달 전에 입단한 신입 길드원이다.

4레벨 마법사인 그는 마력을 한 명에게 집중시키는 특

이계열로 살리오의 파동과 찰떡궁합이었다.

우우우우웅!

덕분에 오버 임팩트와도 같은 묵직한 일격이 살리오의
망치에 모였다.

"흐읍!"

파동과 오버 임팩트가 맞부딪치자 살리오의 몸이 뒤로
쭉 밀려났다.

페르노크는 한 발자국 물러설 뿐이었다.

다수가 한 명을 몰아치고도 타격을 입히지 못했지만,
선봉대의 입가엔 미소가 감돌았다.

"드디어!"

"길드장께서 밀려나셨다!"

선봉대는 단 한 번도 정면에서 맞부딪친 페르노크를 밀
어낸 적이 없다.

페르노크가 7레벨에 오른 이후 그들은 거대한 산과 마
주한 기분이었다.

결코 극복해 내지 못할 거라 생각했던 페르노크가 한
발자국 밀려나니, 그들은 눈가에 눈물이 돌 것만 같았다.

페르노크는 이루 말하기 어려운 벽이었다.

"밀어붙여!"

할람이 이끄는 돌격대가 허공과 지상에서 동시에 달려
들었다.

전원 육체 강화 계열 마법사로 이루어진 돌격대는 모든

전장에서 활약할 수 있도록 개개인의 병기술을 따로 지도했었다.

그 성과가 보란 듯이 다양한 형태의 병기술로 펼쳐졌다.

허공과 지상을 수놓는 병장기의 궤적들이 눈을 어지럽혔다.

하지만 페르노크는 그들을 쓱 훑으며 중심에 정권을 내질렀다.

쾅!

선두의 할람이 튕겨 나갔다.

가드를 펼쳤음에도 두 다리가 땅에 박히는 것조차 허용되지 않았다.

구멍이 뻥 뚫리자 궤적들이 단순하게 정리되었다.

퍼퍼퍼퍽!

페르노크가 한 명에 한 번씩 주먹과 발로 약점을 후벼 팠다.

순식간에 수십 명이 나뒹굴자 하늘에서 화력이 빗발쳤다.

"젠장!"

"다 쓸어버려!"

후방 지원대의 판단은 나쁘지 않았다.

돌격대가 단숨에 정리된 상황에서 목표를 죽이려면 아군까지 휩쓸릴 상황을 어느 정도 각오해야 했으니까.

"집중!"

살리오는 다시 마력을 모아 거대한 일격을 준비했다.

선봉대는 모두가 저 정도 화력에 버틸 힘이 있다.

"물고 늘어져!"

어느새 일어난 할람이 매섭게 눈을 번뜩였다.

죽더라도 페르노크를 붙잡아 다른 사람들의 공격이 이어지도록 기회를 만들 생각인 듯했다.

연습도 실전같이 하라는 페르노크의 가르침을 가장 잘 이해하는 사람이 할람이었다.

'하루 푹 재워 둘 생각이었는데, 이젠 일권을 흘려보낼 정도는 되었단 말이지.'

할람의 두 팔이 퉁퉁 붙어 터졌다.

가드로 정권을 막을 때, 몸과 팔을 회전시켜 타격의 일부를 흘려보냈다는 증거다.

곧이곧대로 막았었다면 가드째 팔이 터져 버렸을 테니까.

'조만간 6레벨이 되겠군.'

페르노크가 피식 웃으며 달려드는 길드원들을 맞이했다.

오버 임팩트는 충전되지 않았다.

저만한 공격에 버텨 낼 마법은 없다.

'알맞게 익었어.'

페르노크의 눈동자에 희끄무레한 빛이 번뜩였다.

영법 – 천벌.

영력이 마력에 섞여 형태를 부여하니.

이윽고 그것은 천지를 진동시키는 괴랄한 벽력이 되었다.

콰아아아아아아앙!

모든 것이 하얀빛에 뒤덮이며, 사위가 정적에 물들었고, 페르노크는 주먹을 말아쥐었다.

'이젠 하루에 두 번도 가능하겠어.'

아직 여력이 남아 있었지만, 길드원들은 모두 널브러져 있었다.

"이, 이 썅······."

"오늘도······ 못······ 뚫었······."

"쿨럭."

엔리와 살리오는 기절했고, 할람이 피를 토하며 대자로 뻗었다.

그나마 그들이 충격을 앞서서 막아 준 덕분에 길드원들은 탈진한 상태에서 피해가 마무리되었다.

"의료반에서 하루 요양한 뒤 개개인 별로 피드백하겠다."

길드원들은 말할 기운도 없는지 몸만 부르르 떨었다.

페르노크가 피식 웃으며 몸을 돌렸다.

저 멀리서 리오가 달려오고 있었다.

"오늘도 부상자가 속출했군요."

"나 하나 상처 입히지 못하면 저들은 더 큰 물에서 놀지 못하니까."

"페르노크 님의 뜻은 알지만, 당분간 훈련은 중지하고 이젠 컨디션 관리에 중점을 둬야 할 것 같습니다."

리오가 의료반을 현장에 투입시키고 페르노크에게 보고했다.

"일루미나의 왕족들이 눈에 보일 정도로 세력을 규합하고 있습니다."

그 말의 의미를 페르노크는 바로 이해했다.

"일루미나 왕의 병세가 어느 정도로 악화되었지?"

"예상한 시각보다 1년 더 앞당겨질 듯합니다."

"왕자와 공주들은?"

"외교에 전념하고 있으며, 1왕자 반스는 라키스 제국은 물론 이곳 르젠의 1왕자와도 친분을 다져 간다고 합니다."

"세력을 확장시킨다……."

페르노크가 구름 위에 가려진 정상을 바라보았다.

"우리도 이제 결판을 지어야겠군."

"지금 저희 전력으로 가능할까요?"

"직접 보면 알 수 있겠지."

페르노크가 아티펙트를 갈무리하며 길드로 향했다.

"간부들이 깨어나는 대로 준비시켜."

* * *

깊은 밤에 페르노크가 부른 적은 처음이다.

집무실에 들어선 할람은 먼저 도착한 살리오와 엔리를
마주했다.

"팔은 괜찮나?"

"어라? 용케 움직이네."

두 사람의 상처는 할람에 비하면 깊지 않았다.

새삼, 6레벨 마법사들과의 차이를 자각하며 할람이 쓰
게 웃었다.

하지만 저들과 자신의 위치는 동일하다.

페르노크에게 실망을 주지 않기 위해서라도 할람은 자
신감 있게 대답했다.

"이 정도쯤이야 며칠 쉬면 나아. 별 대단한 상처도 아
니야."

"그놈의 허세는."

엔리가 혀를 차자 살리오는 피식 웃었다.

지난 1년간 서로 으르렁거리던 이들은 페르노크 아래
에서 제법 가까워졌다.

명확한 지위가 보장되고 나선 누가 먼저 페르노크의 신
임을 얻을지 가벼운 내기도 할 정도였다.

"다들 모였군."

세 사람의 시선이 문으로 향했다.

페르노크와 리오가 들어왔다.

페르노크가 상석에 앉았고 리오는 옆에 시립했다.

"몸은 괜찮나?"

살리오와 엔리가 어깨를 으쓱했고, 할람은 부상당한 팔을 흔들어 보였다.

페르노크가 고개를 끄덕였다.

"일주일 후에 움직일 수 있겠지?"

"훈련만 없다면 가능하지."

엔리가 퉁명스럽게 대꾸하자 페르노크는 피식 웃었다.

"잘됐군. 그럼 쉬는 중에 부대를 편성해서 산맥에 올라갈 준비를 마쳐."

"산맥? 의뢰 들어온 거 있어?"

"정상을 넘보려 한다."

"아, 정상을……."

고개를 끄덕이던 엔리가 뚝 멈췄다.

"……정상?"

"설마, 저 구름 너머 말입니까?"

살리오가 믿기지 않아 되묻자, 페르노크는 넘넘히 답했다.

"그래. 이 산맥의 주인을 만나러 갈 생각이다."

"헉!"

할람이 헛바람을 들이켰다.

정상 정복.

많은 길드가 도전했지만, 누구도 고도 8000미터 이상을 뚫지 못했다.

그곳은 상위 마물들이 득실거리며, 5레벨 이상의 마법사도 마력이 돌덩이처럼 굳어지는 재해와도 같은 곳이었다.

한때, 나라에서 마도사를 앞세워 대규모 산맥 주인 토벌단을 조직했지만, 그마저도 실패했다.

주인을 감싼 거대한 결계 때문이었다.

"농담이지?"

엔리가 믿기지 않는 표정으로 묻는 것도 무리는 아니었다.

"오래전부터 산맥 정상을 정복할 생각이었다."

"오, 맙소사!"

엔리가 두 손으로 입을 가리며 눈을 부릅떴다.

살리오와 할람도 놀란 기색을 드러냈다.

리오는 옆에서 은은한 미소를 짓는 중이었다.

"아니, 반드시 해야만 하는 일이었지."

"그게 길드장님이 이곳에 온 이유였습니까."

살리오가 예리하게 묻자 페르노크는 선선히 고개를 끄덕였다.

"지금부터 할 얘기는 간부진들만 아는 비밀이다."

페르노크가 한 사람씩 마주 보며 말했다.

"나는 일루미나 왕국의 사생아다."

한순간 살리오와 엔리 그리고 할람은 멍한 표정을 숨기지 못했다.

리오만 무덤덤하게 차를 홀짝였다.

탁—!

페르노크가 소리 내어 찻잔을 내려놓기 무섭게 세 사람이 정신을 번쩍 차렸다.

"그게 무슨 말입니까, 길드장님?"

"너 설마, 일루미나에서 지령받고 우리를 흡수하러 온 거냐?"

"자세한 설명을 해 주시죠."

할람, 엔리, 살리오가 각자 복잡한 심경을 드러냈다.

페르노크는 아주 천천히 자신의 상황을 얘기했다.

그들을 신용해서 꺼내는 말이 아니었다.

정보를 교환하고 목표를 다져야 비로소 이해관계가 일치하기 때문이었다.

"……그래서 나는 내기를 받아들였고, 이 산맥 정상의 마물을 토벌해야 한다. 올해 안에 이곳을 정리하고 세력을 규합한 후 일루미나 왕국에 들어갈 생각이다. 마도사라는 든든한 배경까지 함께 말이야."

정적이 감돌았다.

페르노크가 차를 홀짝이는 소리만 집무실에 감돌았다.

지금 이 상황을 어떻게 받아들여야 할지 세 사람은 나

름대로 궁리하는 듯했다.

그리고 잠시 후, 엔리가 조심스럽게 물었다.

"그러니까…… 왕자님이라고 불러 드려야 하나?"

"평소처럼 행동해."

"그…… 허어…… 하…… 하하…… 꺄하하하하하!"

실성한 엔리를 뒤로하고 페르노크가 남은 두 사람에게
시선을 돌렸다.

"지금 발 뺀다고 하면 죽일 겁니까?"

"기억을 지우는 마법사가 있다면 의뢰해야겠지."

할람이 뒤통수를 벅벅 긁었다.

"차라리 듣지 말걸."

"더 넓은 곳으로 가고 싶다고 내게 지도받을 때마다 얘
기하지 않았나?"

"그런 차원의 얘기가 아닙니다. 마물만 잡고 다니던 사
람이 뜬금없이 왕위 쟁탈이란 소리를 들으면 어떨 것 같
습니까?"

"글쎄. 너처럼 막막하게 여기는 사람이 있는가 하면."

페르노크가 살리오 쪽에 고개를 돌렸다.

"이 녀석처럼 흥미를 느끼는 부류도 있겠지."

살리오는 어느새 감정을 추스르며 말했다.

"놀라다 못해 쓰러질 뻔했다. 하지만 이제야 퍼즐이 맞
춰지는 느낌이야. 어떻게 길드장 같은 사람이 이토록 빠
른 시간에 삼자 연합까지 탄생시켰을까. 뒷배가 없지는

않다고 여겼지만 그게 마도사였다니. 게다가 마도사가
후원하는 일루미나의 왕위 계승 후보…….”

“도망치고 싶나?”

“……길드장을 외면해도 내 삶이 크게 달라질 것 같지
않더군. 그 능력이며 판단력, 실행력 모두 곁에서 지켜보
고 느꼈어. 길드장의 꿈이 결코 허황되게 들리진 않아.”

“내게 판돈을 올려 보겠나?”

살리오가 무거운 표정으로 고개를 끄덕였다.

“작위. 최소 백작급을 약속한다면 나는 무슨 일이 있어
도 길드장을 끝까지 따라가겠어.”

“의외군. 네 실력에 작위를 탐냈다면 용병이 되지 않았
을 텐데, 왜 A급 길드까지 만들었던 네가 작위를 원하는
거지?”

“쓸 만한 용병이 귀족 작위를 받아도 결국은 사냥개 취
급일 뿐이지. 나는 한계를 규정하지 않았으면 한다. 내
실력에 따라 보장받은 것 이상으로 나아갈 수 있도록 길
을 열고 싶을 뿐이야.”

“명예욕이 있을 줄은 몰랐다.”

“난 하층민이다. 운 좋게 마법을 터득해서 돈도 벌었
어. 이젠 후세에 기억될 작위를 얻고 싶군.”

“좋아. 내가 왕위에 오를 때까지 네가 살아 있다면 백
작위 이상을 약속하마.”

살리오의 입꼬리가 씰룩거렸다.

기분 좋을 때 드러나는 그의 습관이다.

페르노크가 할람에게 시선을 돌렸다.

"기억을 지워 줄까?"

"제가 이 상황에서 그런 정신 나간 소리를 할 사람처럼 보입니까?"

"그럼?"

"길드장은 약속대로 제 실력을 키워 주셨습니다. 길드장은 말의 무게를 아는 사람이라고 생각합니다. 저희를 아껴 주는 사람에게 도움이 필요하다면 마땅히 응하는 것이 바이블의 설립 의지."

할람이 진지한 표정으로 페르노크를 응시했다.

"길드장께서 왕이 되고 싶으시다면 길드원들은 힘껏 밀어줘야지요. 다만, 험한 길이 예상됩니다. 길드원들에게 후한 보상을 약속해 주십시오."

"나는 인재를 허투루 쓰지 않는다. 그리고 지금 길드에 모인 길드원들은 너희들과 내가 직접 선발한 인재들이다. 끝까지 책임지겠다."

"그럼 제가 더 이상 할 말은 없습니다. 지금까지처럼 길드장 따라서 쭉 가겠습니다."

페르노크가 피식 웃으며 감정을 수습한 엔리에게 시선을 돌렸다.

"넌?"

엔리가 무언가를 생각하는 듯하더니 이내 볼을 붉적이

며 물었다.

"이봐, 길드장. 넌 내가 과거에 뭘 했는지 알고 있어?"

"귀족 영애였다는 소문 정도는 들었다."

"그 소문 사실이야. 난 얀트 백작가의 셋째 딸이었어."

"얀트 백작가?"

"지금은 없는 가문이야. 왕에게 찍혀서 아버지가 돌아 가셨거든. 아무튼, 얀트 백작가의 검술은 꽤 좋은 편이었 지. 유일하게 살아남은 난 검술을 살려 용병이 되었고."

"가문을 살리고 싶은 건가?"

엔리가 코웃음 쳤다.

"이미 망해 버린 가문 다시 세워서 뭐 하게."

"그럼?"

"이 용병단 그대로 나에게 넘겨."

페르노크가 흥미로운 표정으로 엔리의 욕망을 마주 보 았다.

"난 돈이 좋아. 돈은 절대 배신하지 않고 끝까지 이어 지지. 그리고 나보다 강한 자들도 결국 돈 앞에 굴복하게 되어 있어."

"네임드가 벌어다 주는 수익이 네 미래를 바칠 정돈 가?"

"길드에서 벌어들이는 수익으로 여러 가지 일들을 할 수 있잖아. 게다가 길드엔 길드장이 말한 인재들이 넘치 지. 그들과 함께라면 난 뭐든지 가능해."

"길드를 통째로 달라. 살리오와 할람이 따로 자리를 차지한다고 해도 욕심이 과하군."

"대신, 성과로 증명할게. 이래봬도 추잡하게 일하는 건 자신 있거든."

"네임드를 달라는 건, 사지 한복판에서 칼춤을 하루 종일 춰야 성립되는 말이야."

"어차피 내 인생 누릴 건 다 누려 봤어. 여기서 한 걸음 더 위로 올라가려면 그만한 위험은 감수해야지. 그게 용병이고 내 삶이야. 당신이 필요하다면 난 왕의 목이라도 치러 들어갈 수 있어. 그 결과, 내가 죽더라도 후회하지 않아."

엔리가 씨익 웃는다.

살리오와 할람도 투지를 불태운다.

모두가 빼지 않고 앞으로 나아갈 것만 생각한다.

이들에게 부족한 것이 채워졌을 때, 과연 오늘과 똑같은 말을 할 수 있을까.

[속은 놈이 어리석은 거야.]

과거에도 그랬다.

페르노크는 한 번 실패해 봤기에 알고 있다.

사람들이란 참으로 간사해서, 앞으로 충성을 맹세해도 결국 중요한 순간에 칼을 찌르고 들어온다는 것을.

심지어 이들은 거래로 묶인 관계다.

그렇다면 더 촘촘한 이해관계로 서로를 엮는 편이 후일을 염려하지 않아도 된다.

"난 너희들에게 충성 따위 기대 안 해. 능력을 얼마나 증명한다고 해서 신뢰하지도 않아. 그 힘에 걸맞은 책임과 권리를 강조할 뿐이지."

페르노크가 세 사람에게 씨익 웃어 보였다.

"하지만 지난 1년간 함께하면서 서로의 역량은 충분히 증명했다고 생각한다. 앞으로 큰 위기가 닥치겠지만 사실 그건 별거 아니야. 우리의 결속이 흔들리지 않도록 서로에 대한 신뢰가 더 쌓였으면 좋겠군."

"나중에 그럴싸한 작위 하나만 주십시오."

할람의 말이 기폭제였다.

"나중 일은 나중에 가서 다시 보자고. 지금은 눈앞의 일을 빠르게 처리하는 것이 급선무야."

"그럼 저흰 길드장을 어떻게 부르면 됩니까?"

엔리와 살리오가 페르노크를 지그시 바라보았다.

"평소처럼 하되 삼자연합은 바뀌어야 할 거야."

페르노크가 눈짓하자 리오는 몇 가지 개편 사항을 읊었다.

"우리 목표는 왕위를 쟁탈하는 겁니다. 따라서 일차 조건인 산맥 정상을 정복할 때까진 용병의 형태를 띠겠지만, 이후에는 체계적인 군대의 형식으로 개편될 예정입니다."

세 사람이 고개를 끄덕였다.

"후방 지원대, 선봉대, 돌격대. 지금은 세 개의 틀이 전부지만 사람이 추가될수록 보다 세분화되겠죠. 우선, 이 정도만 인식해 주시고 산맥에 올라갈 사람들을 솎아 내도록 합시다."

"알짜배기들만 데려가겠다면 레벨 높은 마법사만 우선시하지."

엔리의 답변에 리오는 칼같이 반대했다.

"강한 사람은 마법이 아니라 역경을 어떻게 헤쳐 나오는 지로 판가름 납니다. 경험 많은 가드들을 추가 선발해서 4인 1개 조 형태로 나아갈 겁니다."

"잠깐, 그러면 덩치가 너무 커져. 상위 마물들에게 노출되기 쉽다고."

"그러니 고도마다 캠프를 치고 휴식과 전투를 반복하겠습니다."

"느려도 상관없다는 거야?"

페르노크가 고개를 끄덕였다.

"정상 정복은 밑바탕부터 차근차근 그려야 한다. 리오의 말처럼 가드와 마법사의 협력이 중요해. 안전하고 묵직하게 길을 개척해 가면서 마물의 리젠 타이밍까지 새로 잰다."

"얼마를 예상하고 계십니까?"

살리오의 물음에 페르노크는 단호히 답했다.

"두 달."

리오를 제외한 모두가 침음을 흘렸다.

적어도 반년은 잡을 거라 생각했기 때문이다.

"그 이상은 불필요해."

고난이 예상됐지만 어느 누구도 불가능을 입에 담지 않았다.

페르노크가 된다고 선언한 의뢰는 모두 빠르게 끝냈다.

그의 절대적인 발언엔 확실한 신뢰가 깔려 있다.

"두 달 후, 우린 산맥의 주인을 만난다."

정상 정복.

르젠의 토벌대 이후 아무도 성공하지 못했던 불가능의 영역.

그곳에 자신들이 도달할지도 모른다고 생각하자 두려운 한편 설레는 감정이 불쑥 치고 올라온다.

"그 정상에 네임드의 깃발을 꽂는다."

＊　＊　＊

르젠의 재상 파르코프는 한 장의 보고서를 유심히 들여다보고 있었다.

[마물의 산맥, 네임드 길드에서 산맥 정상 토벌을 추진 중.]

A급 길드 3곳이 통합된 후부터 줄곧 네임드를 주시해 왔다.

 작금 르젠은 후계 구도를 명확히 다지기 위해 각 왕자들이 강대한 세력의 귀족 및 상계 연합까지 흔들고 있다.

 파르코프는 1왕자의 파벌로서 페르노크를 자신들 편에 끌어들이려 했었다.

 하지만 그는 작위를 거부하고 오직 산맥을 뚫는 것에만 전념했다.

 그 이후 파르코프는 마물의 산맥에 정보원을 심었다.

 7레벨 마법사가 이끄는 고레벨 마법사 무리가 대체 무엇을 목표로 하는지 감시해야 했으니까.

 "정상이라……."

 용병답다고 하기엔 의도가 불순하다.

 "왜 나라에서 정상을 토벌하지 않고 물러섰는지 알 텐데, 그럼에도 진행한다?"

 산맥 정상 토벌대가 물러선 이유는 결계 때문만이 아니다.

 그 당시 산맥의 주인은 지독한 마기를 산맥 전체에 흩뿌리고 있었다.

 즉, 산맥의 주인을 토벌하는 즉시 산맥에 뿌리내린 마기가 사라질 가능성이 높았다.

 '간혹 산맥에서 감시를 벗어난 마물이 뛰쳐나와 백성들을 죽인다는 보고가 있긴 했지만, 그런 사소한 이유에 돈을 포기할 순 없지.'

백성의 희생보다 주머니에 들어오는 돈이 중요하다.

마기를 공급받지 못한 산맥이 재생과 퇴치를 반복하다가 본래의 깨끗한 모습으로 되돌아가는 상황은 결단코 용서할 수 없다.

"하찮은 용병 나부랭이가 주제도 모르고."

파르코프가 곧장 네임드 감시자에게 명령서를 전달했다.

[네임드가 산맥 정상에 도달하는 즉시 보고하도록. 궁정 마도사를 움직이겠다.]

2장. **돌입**

돌입

일주일 후, 물자 보급까지 완벽하게 준비되었다.

물체의 부피를 줄이는 마법사가 있어서 생각보다 많은 양을 보급 상자에 담을 수 있었다.

"야야! 똑바로 들어!"

"그거 몇 개 들어갔다고 벌써 휘청거려!"

한 가지 흠이라면 무게가 그대로라는 점이다.

육체 강화 마법사도 보급 상자를 들 때마다 휘청거리곤 했다.

"200명이 한 달간 먹을 양입니다. 다음 보급은 한 달 후에 진행해도 괜찮을지요?"

"중턱에 인원을 파견하지."

"주에 한 번씩 사람을 내려보내 주시겠습니까."

"왜지?"

"고도 7000미터 이상은 끔찍한 지옥이라 들었습니다. 시시각각 변하는 환경에 대응하려면, 이쪽도 물자에 변화를 줘야 할지도 모르니까요."

페르노크가 고개를 끄덕였다.

그 사이 연병장에 200명의 길드원이 도열했다.

1년 동안 연마된 그들의 눈동자에 날 서린 기세가 어려 있었다.

"지금부터 우린 다른 용병단이 개척하지 못했던 정상으로 향한다. 그곳을 바로 정복할 거라고 장담은 하지 못한다. 그러나 이 위대한 여정이 결국은 우리의 영광으로 뒤바뀔 것이다!"

페르노크가 검으로 변화시킨 아티펙트를 힘껏 들어 올렸다.

"최초의 역사를 거머쥐자!"

용병들이 일제히 환호성을 터트렸고, 무수한 투지가 사방에서 들끓었다.

"정상으로 향한다!"

페르노크를 선두로 200명의 숙련된 용병들이 산맥에 들어섰다.

* * *

"고도 5000미터는 별 볼 일 없다! 꾸물대지 말고 전진해!"

살리오의 선봉대가 앞장서서 중급 마물을 뚫었다.

경사가 높아지는 구간이지만 그들의 속도는 줄지 않았다.

언제나 수련받고 놀이터처럼 뛰어다니던 곳이다.

예전처럼 단일 길드로 움직였다면 일주일은 허비했을 장소들이 지금은 발길 한 번에 돌파된다.

다른 길드원들도 마찬가지였다.

모두 고도 5000미터를 긴장하는 기색 없이 걸어 다녔다.

"소재 손질은 보급대에게 맡겨!"

네임드가 훑고 지나간 자리는 리오의 보급대가 마무리한다.

위협적인 마물은 재생성되는 시간이 최소 하루 이상 걸리기에 네임드의 잔여 길드원들만으로도 이곳까지 올 수 있다.

"돌격대는 선봉대와 교체한다! 6000미터까지 뚫는다!"

고도 5500미터에 들어서자 할람이 살리오를 제치고 앞으로 뛰어 나갔다.

선봉대보다 장비가 가벼운 돌격대는 급격히 꺾어지는 구간에서도 날렵한 움직임을 구사했다.

특히 중급 마물 하나에 몰려들어서 급소만 정확히 노려

서 치고 빠지는 단타에 특화된 모습을 보여 줬다.

체력을 효율적으로 배분하니 고도 5500미터는 반나절도 지나지 않고 통과했다.

그리고 고도 6000미터.

위험은 지금부터 시작이었다.

"엔리, 살리오."

페르노크가 두 사람을 앞으로 손짓했다.

"한 놈이다."

두 사람은 북쪽에서 다가오는 매서운 마기를 느꼈다.

돌격대로도 충분해 보였지만, 그들의 목표는 정상까지 올라가는 것이다.

위협은 빠르게 제거하여 체력을 비축하는 편이 좋다.

화르륵!

새까만 불씨가 타오르기 무섭게 돌격대가 북쪽으로 몸을 돌렸다.

"데몬 나이트다!"

도처에서 중급 마물들이 몰려오기 시작했다.

"할람, 나와 같이 놈의 시선을 잡는다."

"후방 지원대는 접근하는 놈들 막고! 특이계만 날 따라서 데몬 나이트의 후방을 점한다!"

살리오와 엔리가 함께 움직였다.

페르노크는 세 사람의 합격진을 물끄러미 지켜보았다.

'고도 6000미터 이상에서 싸운 적이 드물었지.'

네임드가 설립된 이후 수련을 중요시하며 고도 5500미터 근방에서 마물을 사냥해 왔다.

고작 500미터 올랐을 뿐인데 공기가 무척 따갑게 느껴진다.

지상에서 원활한 합격진을 선보였던 세 사람도 어딘가 삐거덕거렸다.

'이제부턴 100미터 간격으로 마력과 호흡이 거칠어진다. 무턱대고 전진하는 건 효율적이지 못해. 우선은 이곳의 공기에 적응시킨다.'

당초 예상했던 두 달 중 절반은 산맥에 적응하는 시간이었다.

"큭!"

"돌격대가 무너진다! 선봉대는 방패를 세워!"

확실히 굼뜬 모습.

이대로 올라갔다간 누구 하나 비명횡사할지도 모른다.

서걱!

페르노크가 후방에서 손을 털자, 달려들던 마물이 반으로 갈려 죽는다.

뒤늦게 숨을 헐떡이며 길드원이 다가왔다.

"헉, 헉. 길드장님, 괜찮으십니까."

"후방 지원대에게 마력을 좀 더 끌어 올리라 전하도록."

"헉…… 헉…… 알겠습니다."

"벌써 지쳤나?"

"아닙니다!"

페르노크가 주위를 훑었다.

마력을 퍼부을수록 후방 지원대의 낯빛이 창백해져 간다.

반면, 가드들은 땀을 흘릴 뿐 아직 여력이 남아 있다.

두 부류의 차이는 마력 농도 때문이다.

마력을 타고 나지 못한 가드들은 마력 중독에 시달리지 않는다.

마법사들은 마력을 회복하고자 산맥의 짙은 마력을 흡수하는데, 이를 정제하는 과정에서 정신력을 소모한다.

몬스터와 마력 중독을 경계해야 하는 마법사들은 벌써 지쳐 있었다.

'이 상태론 6500미터 이상도 전진하기 어렵다.'

살리오와 엔리만 데려갈 수도 없는 노릇이다.

최소한 고도 8000미터까지는 상위 마물을 상대로 시간을 벌어 줄 사람들이 필요하다.

페르노크가 변화한 환경에 급속도로 요동치는 길드의 전력을 실감하며 아티펙트를 장검으로 변환시켰다.

"이곳에 베이스캠프를 치고, 일주일 동안 머문다고 전해라."

"예, 길드장님!"

곳곳에서 숨을 헐떡이는 소리가 들려오자 페르노크는 직접 전장에 나섰다.

노을에 반사된 장검의 빛이 삽시간에 중급 마물을 휩쓸고 데몬 나이트에게 향했다.

　카앙!

　데몬 나이트가 일격을 쳐 내며 휘청거렸다.

　해골 속에 타오르는 검은 불꽃이 활화산처럼 번져 나가는 순간.

　"어디다 한눈파는 거야!"

　엔리와 특이계 마법사들이 데몬 나이트의 허점을 찔렀다.

　부식되어 가는 몸뚱어리가 무너지기 시작하고, 살리오와 할람이 총공세를 펼쳤다.

　콰콰쾅!

　데몬 나이트가 쓰러지기 무섭게 마물들의 통솔력이 흐트러진다.

　페르노크가 아티펙트를 본래의 반지 형태로 되돌릴 즈음, 사위는 어둡고 습한 바람이 불어왔다.

　"생각보다 적응하기 어렵나 보군."

　"죄송합니다, 길드장님!"

　할람이 먼저 고개를 숙였다.

　살리오와 엔리도 생각보다 저조한 길드원들의 모습에 씁쓸한 미소를 머금었다.

　"일주일 동안 이곳에서 마물을 사냥한다. 그 이상은 허락하지 않겠다."

"네!"

"알겠습니다!"

"일주일이 뭐야. 닷새면 충분해!"

각 부대장들이 전열을 다듬고, 체력이 남는 길드원들은 데몬 나이트 사체 근처에 베이스캠프를 차렸다.

죽인 지 얼마 안 된 중상급 이상의 마물 사체는 다른 저급한 마물들이 접근하지 못하도록 막아 준다.

데몬 나이트는 재생하기까지 꽤 오랜 시간이 필요하니, 사방이 탁 트인 이곳은 임시 거점으로 활용하기 최적이었다.

얼추 정리가 끝나자 페르노크는 부대장들을 모았다.

"나는 고도 7000미터 전까지 절대 손을 쓰지 않겠다. 만약, 적응하지 못하는 길드원들이 보일 경우 신속히 하산시켜라."

"200명 모두 데려가는 거 아니었어?"

엔리의 물음에 페르노크가 단호히 답했다.

"마력 중독자들을 데리고 정상까지 돌파할 만큼 넉넉한 상황이 아니야."

"쩝…… 차라리 고도 6000미터 이상에서 수련했어야 했나."

네임드의 초창기다.

의뢰부터 다져야 하는 시기여서, 수련과 병행하려면 고도 5000미터 근방이 제격이었다.

"지나간 일은 생각해 봐야 의미 없다. 너희들은 길드원들의 상태를 살피고, 내일부터 다른 중상위 마물들을 사냥한다. 최대한 빨리, 다치지 않는 수준에서 고농도 마력에 적응시키도록 만들어."

"다들 길드장에게 혹독한 수련을 받아서 금방 떨치고 이겨 낼 거야. 걱정 붙들어 매라고."

엔리가 씨익 웃으며 후방 지원대로 향했다.

"돌격대도 느낀 바가 있습니다. 걱정하지 마십시오."

"선봉대는 이상 없습니다. 다만, 오늘처럼 애먹는 일이 없도록 전술을 더 다듬겠습니다."

할람과 살리오가 각자의 부대로 돌아갔다.

모두 느끼는 바가 있는지 직접 길드원들을 붙잡고 하나씩 설명에 들어갔다.

그리고 다음 날, 그들은 변화된 모습을 유감없이 발휘했다.

"나무 위를 타고 움직여라!"

"선봉대 제자리! 창을 세워!"

"너희들은 이 틈에 마력을 정제해 둬!"

페르노크가 지시하지 않은 새로운 형태의 전술을 구사했다.

엔리가 하던 기습을 돌격대가 감행하고.

살리오는 돌격대의 역할까지 떠맡아 적의 시선을 붙잡으며 동시에 압박한다.

상대적으로 부담이 줄어든 마법사들은 최소한의 출력으로 지원하고, 바로 자리에 앉아 마력을 정제한다.

이때, 엔리는 가드들과 사방에서 밀려드는 마물 처리에 앞장섰다.

'상대적으로 여력이 있는 살리오에게 부담을 더 실어 주는 방법이군. 마법사들은 마력 정제가 빨리 이루어지도록 출력을 의도적으로 낮추며 연사하고 있어. 엔리는 마법사들이 집중할 수 있도록 기습보단 사주 경계에 힘쓴다.'

최대한 빨리 고도 6000미터 이상의 마력 농도에 적응하겠다는 의지가 느껴졌다.

페르노크는 피식 웃었다.

잠시 잊고 있었다.

이들은 페르노크가 오기 전부터 산맥을 휘어잡던 A급 길드의 마스터들이다.

'풍부한 경험을 내 방식만 고집해서 억눌러 두고 있었나. 너무 효율만 고집하는 것도 다시 생각할 가치가 있겠지.'

그들의 자율성을 더 높여 줄 방법을 생각하며 할람에게 시선을 돌렸다.

'마력이 요동치는군.'

돌격대는 마력을 최소한으로 몸에 돌려 육체 기술을 이용한 전법으로 마물들을 몰아친다.

육체에 부담이 심해지는 만큼 빨리 지칠 텐데, 돌격대

의 활력은 시간이 지나도 꺼지지 않는다.

특히, 할람의 지구력이 이상할 정도로 높다.

'마력이 육체를 자극하고, 육체가 한계를 넘으려 하니 이는 다시 강화 마법에 힘을 실어 준다. 할람은 조만간 6레벨에 이르겠어.'

몇 번 위험을 넘어서다 보면 할람의 성취는 비약적으로 성장할 것이다.

그들의 바뀐 전술이 긍정적으로 작용한 듯, 데몬 나이트를 상대할 때보다 빠르게 마물을 정리했다.

날이 저물기 전에 캠프로 돌아온 그들은 각자의 포메이션을 새롭게 점검했다.

그렇게 나흘이 지날 무렵, 밀려드는 마물에도 그들은 지친 기색 없이 유기적으로 움직였다.

"생각보다 빠르군."

그들이 씨익 웃었다.

"캠프를 정리한다. 이제부턴 적응할 시간도 없을 거야."

"예!"

우렁찬 외침과 함께 그들은 다시 산을 오르기 시작했다.

* * *

고도 7000미터.

마력이 점액질처럼 찐득거리게 달라붙고, 마법 발동은

무게 추를 단 것처럼 느려진다.

고도 6900미터에서 단 100미터가 올랐을 뿐인데, 도처에서 심장을 옥죄이는 듯한 섬뜩함이 느껴졌다.

"이곳에 서식하는 마물들은 고농도의 마력을 자연계 마법처럼 내뿜는다."

데몬 나이트급의 마물은 세력 다툼조차 불가능한 무법지대다.

"저급한 놈들은 살아남지 못한다. 그건 우리도 마찬가지겠지."

페르노크가 아티펙트를 글러브의 형태로 변화시켰다.

다가온다.

오랜만에 방문한 살냄새를 탐하려 지면을 타고 꿈틀거리는 거대한 생명체가!

"각자 위치로!"

그 마물을 느낀 순간 페르노크의 여유는 사라졌다.

이제부터 단 한 명의 길드원도 잃을 수 없다는 생각에 그의 마력은 불꽃처럼 타올랐다.

맹렬한 적의는 다가올 위험 앞에 강대한 마력으로 표출되었다.

"북쪽에서 킹스네이크 출현!"

3레벨 특이계 마법사.

그의 마법 서칭은 주변에서 몰려오는 위험을 감지한다.

마력 장악에 크게 구애받지 않기 때문에 3레벨 마법사

임에도 원정에 낄 수 있었다.

"충돌 이후 합류해라."

"예!"

살리오가 망치에 파동을 모으기 시작하자마자 페르노크가 뛰쳐나갔다.

하늘로 솟구친 후방 지원대의 마법이 포물선을 그리며 북쪽 숲에 떨어졌다.

거대한 비늘이 모든 마법을 씻어 내렸다.

그건 산목의 광택보다 더한 마력 장벽이었다.

크그그그긍!

몸체를 일으키는 것만으로도 산이 들썩였다.

거대한 체구의 새빨간 눈동자를 가진 이질적인 뱀.

숨결만으로도 생명체를 부식시켜 버린다는 상위 마물 킹스네이크가 입을 쩍 벌렸다.

우우우웅!

입속에서 거대한 독기가 고농도 마력을 품어 하나로 뭉치려 한다.

그 속도는 페르노크가 지금껏 보아 왔던 자연계 마법사들의 캐스팅보다 압도적이었다.

눈 깜빡할 사이 진녹색의 숨결이 완성되었고, 페르노크는 충전된 아티펙트를 전방에 휘둘렀다.

콰아아아아앙!

반경 100m를 강렬한 충격파가 휩쓸었다.

지상에 착지한 페르노크가 아티펙트에 달라붙은 녹색 찌꺼기를 털어 냈다.

킹스네이크의 새빨간 동공이 확대되었다.

부식되어 마땅할 인간이 너무나 태연한 표정으로 또 한 번의 충전을 끝마쳤기 때문이다.

"그깟 숨결에 녹을 낡진 않았지."

페르노크는 바로 연격에 돌입했다.

킹스네이크가 휘두른 꼬리를 가볍게 뛰어넘어 재차 비상하였다.

하지만 킹스네이크는 또 한 번의 숨결을 준비하지 못했다.

고농도 마력을 끌어모으는 찰나보다 페르노크의 오버임팩트가 두 수 앞섰기 때문이다.

콰아아아아앙!

터져 나온 섬광이 킹스네이크를 뒤덮었다.

킹스네이크는 온몸에 타는 듯한 연기를 뿜으며 물러났다.

마력 장벽이 깨져 나간 것이다.

"꼬리와 배다!"

살리오와 할람이 무너진 킹스네이크에게 달려들었다.

그 위에 자연계 마법이 쏟아졌고, 엔리는 특이계 마법사들과 꼬리 쪽으로 이동하여 움직임을 봉쇄했다.

콰콰콰쾅!

빗발치는 공세가 킹스네이크에게 일말의 여유도 주지 않았다.

도감에 실린 킹스네이크의 무서운 강점들이 발휘되지 않도록 사방에서 쉴 새 없이 몰아쳤다.

킹스네이크의 눈동자에서 핏물 같은 붉은 기운이 어리기 시작했다.

허물을 벗어 던지고 몸을 간소화시켜 적들을 누비는 고속 형태로 돌입하는 과정이다.

하지만 아가리를 비집고 들어오는 무언가는 마지막 발악마저 허용하지 않았다.

쾅!

배 속에 거대한 폭발이 일어나며 킹스네이크의 몸이 절반으로 뚝 나뉘었다.

진녹색 피를 뒤집어쓴 페르노크가 킹스네이크의 내장을 짓밟고 걸어 나왔다.

동화율 - 23%

킹스네이크의 막대한 영력까지 씹어 먹은 페르노크가 주먹을 움켜쥐며 상위 마물이 득실거리는 숲을 쳐다보았다.

저곳을 지나가지 않으면 결코 고도 8000미터에 진입하지 못한다.

페르노크가 피를 털어 내며 그곳으로 향했다.

"돌파한다."

상위 마물은 끝도 없이 나타났다.

"남서쪽 300미터 지점! 은밀 기동 마물 포착!"

"젠장! 아울 페이서다!"

네 개의 팔을 가지고, 그림자에 숨어 움직이는 암살자 같은 마물.

주특기인 고속 이동은 무척 까다롭다.

고도 7000미터부터는 마력의 농도가 끈적거릴 뿐만 아니라 호흡도 제한되기 때문에 어지간한 고레벨 마법사도 움직임이 제약된다.

"후방 지원대는 상황을 주시한다!"

"선봉대 앞으로!"

"돌격대는 발이 묶이면 진입한다!"

부대장들이 바짝 긴장하는 것도 무리는 아니다.

킹스네이크는 커다란 동체여서 페르노크가 마력 장벽만 벗겨 낸다면 충분히 타격할 수 있다.

하지만 아울 페이서는 마법을 맞추는 것부터 벅차다.

저 고속 이동은 6레벨 강화계 가속 마법을 웃돌며, 각다리에서 펼치는 다양한 공격은 쉽게 대처하지 못하고 휩쓸린다.

오직 페르노크만이 그 속도를 관찰안으로 포착할 수 있

었다.

"고도 8000미터부터는 산맥이 급격하게 줄어든다. 상위 마물들이 서로 부딪치지 않으려는 습성이 있으니, 그곳에 베이스캠프를 치면 고도 9000미터까지 일사천리야."

이곳까지 상위 마물 세 채를 쓰러뜨렸음에도 페르노크는 전혀 지친 기색이 없었다.

괴물 같은 모습을 보고 있자니 아울 페이서가 귀엽게 느껴질 정도다.

"놈의 다리를 묶겠다. 그전까지 쓸데없는 마력 사용을 삼가라."

그리고 페르노크는 사방을 돌며 이쪽을 탐색하는 아울 페이서에게 쏘아졌다.

까아앙-!

강철조차 찢어 버리는 손톱을 글러브로 밀쳐 내자, 아울 페이서는 새까만 눈동자에 놀람을 담아냈다.

하지만 그것도 잠시.

등에서 뽑아낸 검고 길쭉한 가시는 팔보다 유연하게 휘어지며, 페르노크의 정수리로 쏟아졌다.

두 팔과 두 가시.

눈으로 좇기 힘든 복잡하고 어려운 속도를 페르노크는 여유 있게 피했다.

동화율이 높아지며 관찰안은 보다 세세한 동작까지 파

악하는 단계에 이르렀다.

마물이라고 하여 예외는 아니다.

마물이 내뱉는 숨과 마력, 근육의 떨림과 감정의 기복.

본능에 충실한 동작은 오히려 사전에 파악하여 회피하기 쉽다.

콰쾅!

가시가 찌르는 힘을 그대로 이용하여 땅에 박아 버린 페르노크가 아울 페이서의 복부를 돌려찼다.

꽈드득!

아울 페이서가 남은 두 팔로 막아 냈지만, 하늘에선 마법이 쏟아진다.

"다리가 묶였다!"

"쏴!"

페르노크가 순간적으로 마력을 발바닥에 집중시켜 마력강체술을 사용하니, 발은 천근의 무게를 담아 아울 페이서를 밀어냈다.

콰콰콰쾅!

페르노크가 떨어진 자리에 무수한 마법이 터져 나왔다.

이윽고 선봉대가 진압하려 하자, 페르노크가 손을 뻗어 가로막았다.

뚜둑!

연기가 걷힌 자리에 멀쩡한 모습의 아울 페이서가 마디

를 꺾고 있었다.

"마력 장벽?"

"아니, 흡수다."

모두가 눈을 부릅떴다.

도감에도 아울 페이서가 마력을 흡수한다는 특징은 실리지 않았기 때문이다.

게다가 아울 페이서의 관절이 채찍처럼 흐느적거리기 시작했다.

그 속에 흡수한 마력이 응축되었음을 느낀 순간.

"너희들과는 상극이군."

페르노크가 마른하늘에 글러브를 그었다.

쾅!

뒤이은 소리에 길드원들은 정신을 바짝 차렸다.

흐릿한 그림자조차 보이지 않았다.

페르노크가 쳐내고 난 뒤에야 아울 페이서의 팔이 이곳까지 늘어났음을 깨달았다.

"마력을 흡수해서 신체 능력을 대폭 상승시키는 타입이지만 신체가 늘어난다는 특성은 도감에 없었다. 저건 변종이군."

"사방에서 방패를 앞세우며 포위한다면 놈의 유연한 사거리도 봉쇄할 수 있을 겁니다."

"아니, 남쪽에서 다른 상위 마물의 기척이 느껴진다. 그놈은 너희들이 처리해. 난 아울 페이서를 죽인 뒤에 합류하겠다."

살리오는 고민하지 않았다.

페르노크는 이곳까지 억지를 쓰기 위해 길드원들을 데려온 게 아니다.

상성이 좋지 않은 상위 마물과 고집으로 어울릴 필요 없다.

"남쪽에서 라폭시!"

붉은 털에 화염을 내뿜는 발톱이 매서운 상위 마물.

그쪽은 오히려 길드원들과 상성이 좋았다.

"라폭시를 제거한다!"

선봉대에 명령이 하달되었고, 돌격대와 후방 지원대가 따라서 몸을 돌렸다.

길드원들이 라폭시를 막아 주는 덕분에 페르노크의 부담도 줄어들었다.

뒤를 신경 쓰지 않고 아울 페이서에 집중하니 관찰안은 모든 궤적을 감지한다.

콰콰콰콰쾅!

두 주먹으로 네 개의 팔을 손쉽게 쳐 내자, 아울 페이서의 피부에 균열이 발생했다.

이윽고 그것은 갈라지며 새로운 팔을 탄생시켰다.

고속 이동을 포기한 대신, 네 개의 새로운 팔이 고농도의 마력을 품고 페르노크에게 몰아쳤다.

'팔이 늘어난 만큼 궤적이 복잡해진다. 검이나 창, 활이

나 도처럼 각기 다른 무기가 한 번에 몰아치는 느낌이군.'

심지어 펼쳐 낸 팔이 작은 상처마저 손쉽게 회복된다.

'재생 능력을 가진 날카로운 도검.'

굳이 살점을 도륙 내려는 흉흉함과 지구전을 펼칠 필욘 없다.

관찰안으로 파악된 아울 페이서의 코어.

명치 위에 존재하는 그곳을 정확히 포착한 순간.

쿵!

아울 페이서의 팔이 빈자리를 두들겼다.

페르노크가 마력강체술에 가속 마법을 걸어 한순간 아울 페이서의 신체 능력을 웃돈 속도를 선보인 것이다.

쉐에에엑!

바람이 칼날에 갈리는 듯한 소리가 지척에서 들려오자 아울 페이서는 황급히 팔을 회수하려 했다.

하지만 페르노크가 가속에 반동을 실어 정권을 내지르는 타이밍이 한발 앞섰다.

쾅!

갑자기 아울 페이서의 가슴에서 뻗어 나온 새로운 팔이 정권을 막아섰다.

아울 페이서는 비장의 한 수를 선보인 것처럼 음흉한 표정을 지었으나, 페르노크는 이미 그 가슴에 꿈틀거리는 비정상적인 마력을 관찰안으로 포착하고 있었다.

"고작 팔 하나."

뒤에서 여덟 개의 팔이 회수될 때까지 팔 하나로 버티려는 생각은 너무 오만하고 안일했다.

페르노크는 지면을 내리찍으며 생긴 탄력을 허리에 실었다.

허리를 틀어 충격을 어깨로 전파하였고 그 떨림이 팔꿈치에 이어 주먹까지 하나로 이어졌다.

마력을 머금은 온전한 반동이 한 점에 집중되자.

펑!

아울 페이서의 팔이 그대로 터져 나갔고, 페르노크는 앞으로 한 발 내디디며 아티펙트의 힘을 끌어모았다.

오버 임팩트.

마력을 덧씌운 패도의 힘이 굉음을 터트리며 아울 페이서의 복부에 거대한 구멍을 뚫었다.

여덟 개의 팔은 페르노크의 뒤통수를 스치듯 떨어져 내렸고, 아울 페이서는 피를 뿜으며 무너졌다.

그 새까만 혼을 정제하여 영력을 집어삼켜지니 소모된 육체가 다시 활력으로 채워지는 느낌이다.

'아직 더 움직일 수 있다.'

이 정도론 육체의 과부하도 오지 않는다.

고도가 높아진 곳에서 맞부딪칠수록 몸도 단단해지는 느낌이다.

"몰아붙여!"

"수 속성과 바람이다! 두 가지만 사용해!"

"등에 꽂아!"

페르노크는 환희와 긴장으로 얼룩진 후방으로 몸을 돌렸다.

라폭시가 비명을 토하며 쓰러지는 모습을 발견하자마자 새로운 상위 마물의 기척이 느껴진다.

승리의 여운을 느낄 새도 없이 페르노크는 바로 길목에 들어섰다.

"이대로 중앙을 가로지른다!"

＊ ＊ ＊

고도 8000미터.

마력의 농도는 여전히 찐득하고, 조금만 움직여도 턱 밑까지 숨이 차오른다.

주위에 풀과 나무가 무성하지만 모두 독이 스며들어 있어 살짝이라도 베였다간 하루를 넘기지 못하고 죽을 것이다.

"정말, 여기서 베이스캠프를 칠겁니까?"

살리오가 위험한 기척을 느끼며 묻자, 페르노크는 태연히 육포를 씹어 먹었다.

"8000미터 이상의 마물들은 지혜를 짜낸다. 산맥은 좁아지기 때문에 다스려야 할 영역도 한정되어 있지. 잘못 싸워서 지기라도 하는 날엔 다스려 왔던 구역을 빼앗길

지도 모르니까."

"영토 놀음이라도 한다는 겁니까?"

"이제부터의 마물들은 '잃는 것의 두려움'을 알기 시작한다. 따라서 공통의 적을 말살한다는 방침은 고도 7000미터와 다르지 않지만, 행동을 더욱 조심하게 된다. 먼저 움직였다가 낭패를 보게 되면 관망하던 다른 놈이 이득을 보게 되니까."

마물들의 영토 싸움.

도감에 실린 기록만으로 얼핏 살펴봤을 뿐이다.

하지만 길드원들은 고개를 끄덕였다.

확실히 흉흉한 기척을 느끼지만 직접적으로 위해를 가할 것 같다는 생각이 들진 않는다.

께름칙한 무언가가 이쪽을 감시한다는 정도일 뿐이다.

"영악하다는 건 적을 죽이기 위한 최적의 방법을 연구한다는 뜻이기도 하다. 이제부터의 마물들은 집단적인 전술을 펼치겠지."

"상위 마물이 전술까지 구사한다면……."

머리가 복잡해지지만 여기까지 올라온 이상 내려갈 생각은 추호도 없다.

"9000미터 이상은 어떻게 될까요?"

할람이 질문을 던지자 모두 페르노크를 바라보았다.

도감에도 9000미터 이상은 적혀 있지 않았기 때문이다.

"영악함을 넘은 절대적인 충성심이 빗발치는 곳이지."

"예?"

한때, 토벌대에 참여했던 루인은 마물의 산맥 고도 9000미터 이상을 이렇게 표현했다.

"그곳은 주인의 절대적인 지배하에 놓인 적진 한복판입니다. 끝없이 죽여도 재생되며 그때마다 힘이 불어나는 기상천외한 놈들이 살고 있죠."

젊은 시절의 루인도 고개를 저었을 정도라고 했다.

"고도 9000미터 이상은 산맥 주인의 둥지와 연결된다. 그곳에 서식하는 놈들은 주인의 영향을 받은 심복들뿐이다. 그 영악함을 살려 주인을 지키기 위해 목숨을 아끼지 않을 거다."

"그런 곳을 어떻게 뚫지?"

"굳이 필사적으로 싸울 필욘 없어. 너흰 발목만 붙잡고 있으면 돼."

페르노크가 천 자락을 바닥에 깔고 몸을 뉘었다.

올려다본 하늘은 짙은 마력과 구름에 가려져 있지만, 가까이 다가왔기에 느껴진다.

거대한 마력 속에 몸을 감춘 섬뜩한 영력을.

"고도 9000미터는 싸울 곳이 아니야. 뛰어넘어야 하는 곳이지."

* * *

하루를 쉬었지만, 일행의 안색은 오히려 힘들어 보였다.

고도 9000미터.

숨은 쉴만하다.

하지만 마력의 농도가 지금껏 비교해 왔던 무엇보다 짙다.

마법을 발동하는 데 지장은 없지만, 이후가 문제다.

마력이 회복되는 단계에서 흡수한 마력이 중독 증상을 유발하기 때문이다.

얼굴이 창백해지고 입에 단맛이 감돌며 시야가 흐려진다.

또한 고도로 농축된 마력이 회로를 가로막아 후속 마법의 발동을 저해한다.

고레벨 마법사도 마력 중독을 조심해야 하는 곳에서 저레벨 마법사는 어떻겠는가.

줄곧 서칭을 사용해 왔던 길드원이 바닥에 그대로 주저앉았다.

'딱 한 번 마법을 사용할 정도면 돼. 그 순간 길은 열린다.'

고도 9000미터를 정면에서 상대할 거란 어리석은 생각을 하지 않았다.

루인의 정보를 통해 페르노크가 도출한 단 하나의 돌파구.

모든 건 이 순간을 위해서다.

"뭐, 뭐야!"

엔리의 당혹스러운 목소리와 함께 지형이 꿈틀거리며 이목구비 없는 모래 인형이 솟구쳤다.

모두가 바짝 긴장하여 마력을 끌어 올렸다.

모래 인형 속에 농축된 마력이 진득하게 맺혀 있었기 때문이다.

심지어 모래 인형은 마치 증식하는 것처럼 계속해서 솟구쳤다.

"기, 길드장님, 저게 친위대라는 놈들입니까?"

루인이 포함된 최초의 토벌대가 맞닥뜨린 고도 9000미터의 수문장.

마물은 아니었으나 마력에서 태어났으며 그 안에 지독한 마기까지 머금고 끝도 없이 생성된다.

오직 정상의 주인을 지키기 위한 사념으로 똘똘 뭉친 이 특이형 마물을 최초의 토벌대는 친위대라 불렀다.

"놈들은 이 지대를 벗어나지 못한다. 따라서 너희는 첫 충돌로 놈의 시선을 붙잡고 적당히 시간을 번 다음 바로 8500미터 지점까지 내려간다."

"그럼 길드장님은……."

"열린 그 틈을 비집고 들어간다."

친위대는 가장 위협적인 것에 반응한다.

길드원들이 한순간만 시선을 붙잡아 준다면, 놈들의 진형은 크게 헝클어진다.

그 균열을 열어젖힌 후 정상으로 향한다.

고도 9000미터에 발목이 붙잡힌 친위대는 결코 따라오지 못한다.

"명심해라. 첫 충돌 이후 그 이상의 교전은 불허한다."

살리오가 망치를 내리찍으며 외쳤다.

"제대로 시선을 붙잡아 보겠습니다!"

일행이 자리를 잡기 무섭게 페르노크가 정면을 돌파했다.

콰앙!

살리오의 파동을 신호로 길드원들의 마법이 터져 나왔다.

친위대는 폭발하는 마력을 적으로 인식.

그곳에 모든 시선을 쏟아부었고, 페르노크는 마력강체술을 최고조로 끌어 올려 정면을 돌파했다.

부딪친 모래 인형들에게서 쇳덩이 같은 소리가 울려 퍼졌다.

'마력강체술처럼 형태를 갖춘 모래 내외에 마력을 두르고 있다. 루인의 관 코팅 작업은 이놈들을 모티브로 만들어진 거였군.'

문제는 모래 인형을 죽여도 영력과 마력이 솟구치지 않는다는 것.

이곳을 정공법으로 돌파하려면 고도 9000미터를 싹 갈아엎을 정도의 마법이 필요하다.

'네임드의 수준으론 최소 5년은 더 전력을 상승시켜야 고도 9000미터에서 일전을 불사할 만하다.'

새삼 마물의 산맥이 얼마나 위협적인 곳인지 몸으로 느

겼지만, 페르노크 입가엔 옅은 미소가 떠올랐다.

어느새 고도 9000미터를 뛰어넘었다.

구름마저 박찬 그곳.

고도 10000미터.

최초의 토벌대 이후 누구도 오른 적 없다는 산맥의 정상은 무척이나 맑고 고요했다.

눈이 내린 것처럼 새하얗게 뒤덮인 봉우리 안에 푸른 호수가 있었고, 꽃과 나무가 아름답게 우거졌다.

도저히 마물의 산맥이라곤 생각되지 않을 풍경.

그 바깥에 옅은 마력을 토하는 결정석 하나가 박혀 있었다.

'토벌대의 감시석인가.'

루인은 토벌대가 이곳에 주인의 동향을 감시하는 비석 하나를 세웠다고 했었다.

혹시라도 주인이 결계를 부수기라도 한다면 비석은 즉시 반응해서 성에 전파한다.

그 즉시 왕궁에서 마도사가 나와 산맥의 위협을 제거하려는 최소한의 안전장치였다.

'이상하군.'

천만년이 지나도 거뜬할 거라던 감시석에 이상한 불순물이 끼어 있다.

마력으론 감지되지 않는다.

오직 관찰안을 사용했기에 보이는 께름칙한 흐름.

'비석의 마력 흐름에 무언가가 섞여 있다.'

그것은 마치 비석의 가장 중요한 부분을 찌르고 들어가는 가시처럼 보였다.

"⋯⋯?"

하지만 페르노크의 시선은 비석에 오래 머물지 못했다.

유형화된 마력이 그물처럼 감싼 봉우리 안.

마력이 형체를 드러낼 정도로 짙어 손을 뻗는 즉시 온몸이 타 버릴 같은 그곳에서 오싹한 살기가 전해졌다.

페르노크가 그쪽으로 시선을 돌렸다.

아름다운 풍경 속 이질적인 괴물이 서 있었다.

페르노크보다 두 배는 더 큰 체격에 인간처럼 두 팔과 다리가 있으나, 머리에 세 개의 뿔이 박힌 묘한 존재.

그 이마에 박힌 무채색의 눈동자를 본 순간 페르노크는 전율했다.

그건 페르노크가 그토록 찾아왔던 공허한 눈동자였기 때문이며.

또한.

"⋯⋯영롱하군."

그 속에 무척이나 맑고 찬란한 고농도의 영력이 응축되어 있었다.

3장. **조우**

조우

까만 영혼을 정제시켜서 가장 맑은 것들만 모아 놓은
찬란한 빛.

공허한 눈동자 속의 영력을 보자마자 루인의 말이 떠올
랐다.

"그 눈동자는 영혼을 품는 신비한 능력이 있다고 전해
지더군요. 후후, 옛 현자들이 우스갯소리처럼 입에 담던
말입니다."

근거 없는 소문에 불과할 뿐이라고 루인은 웃으며 얘기
했었다.

'사실이었군.'

평범한 자들에게 보이지 않는 응축된 영력이 페르노크에게 속삭인다.

어서 영혼을 자기 안으로 들여보내라고.

이 안에 담긴 막대한 힘을 가져가 보라고.

그건 악마가 속삭이는 달콤한 유혹이었다.

한 번 빠져든 순간 자신의 정체성을 잃어버리게 만들 것 같은 마력이 공허한 눈동자 속에서 흘러나왔다.

'나를 시험이라도 하려는 것이냐.'

천박한 수준에 코웃음 치며 자신의 영력을 흘려보낸 순간.

쾅—!

지축이 흔들리는 듯한 굉음이 울려 퍼지며 어느새 이형의 주인이 결계 앞까지 치달았다.

주인은 몹시 놀란 표정이었다.

그럴 만했다.

공허한 눈동자의 소유자는 바로 이 주인이었다.

한데, 그 어떤 마법사도 불가능한 눈동자의 근원을 페르노크가 간섭하려 하니 위기감이 치솟은 것이다.

"인…… 간……."

결계 하나를 사이에 두고 서로의 숨결이 닿을 만큼 가까워진 거리에서 페르노크는 간섭을 중단했다.

'뭐지.'

일전에 루인은 산맥의 주인을 이렇게 평가했었다.

"토벌대가 도착했을 땐, 이미 산맥의 주인이 치명적인 부상을 입고 결계 안에서 허우적거리는 상황이었습니다. 굳이 주인을 죽일 필요가 없다고 판단한 왕국은 비석을 세워서 비상사태에 대비할 수 있도록 조치만 취했습니다."

모든 것은 산맥이 마기에 전염된 상태 그대로 두기 위함이다.

"주인을 건들지 못했죠. 위해를 끼치려던 순간, 산맥의 마기가 흐트러졌으니까요."

주인과 산맥이 밀접한 관계를 띠고 있다.
왕국은 그렇게 결론짓고, 산맥의 상업성을 보존하기 위해서 감시망인 비석만 세워 두었다.

"주인에겐 깊은 상처가 있습니다. 오랜 세월이 흘러도 치유하지 못할 거라는 게, 그 당시 토벌대의 의견이었습니다."

설령 주인이 결계를 두드려 위협을 가한다 해도 왕국에선 언제든 제거할 수 있으니까.
수십 년의 세월이 흐른다 해서 쉽게 치유될 상처가 아니었다.

'심장에 균열이 있다.'

관찰안으로 파악한 주인의 내부는 루인의 말처럼 핵심 코어인 심장에 상처를 입었다.

하지만 토벌대의 판단과 다른 점이 한 가지 있다.

'심장을 수복시키기 위해 산맥의 마기를 계속 흡수하고 있어.'

그건 마치 정상에 구멍을 뚫고 분수처럼 터져 나오는 마기를 온몸으로 만끽한 것과 같았다.

주인은 하나의 매개체가 되어 산맥을 타고 흐르는 거대한 마기의 흐름을 빨아들이고 있다.

'이 정상이 이토록 맑고 고요한 이유는 이놈이 정상으로 올라오는 고농도의 마기를 모두 품고 있기 때문이다.'

그리고 이 이상현상의 의미는.

'내가 영력과 마력을 흡수하는 것처럼 이놈 또한 산맥에 발을 디디는 것만으로도 마기를 계속해서 흡수한다. 산맥에서 싸우는 한 이놈의 마기는 무한한 영역에 가까워.'

산맥에서 주인을 죽여도 정상으로 몰려드는 마기가 그를 재생시킨다는 점이었다.

"상처 입은 주인을 죽이고 싶으시다면 적어도 7레벨 마법사는 되셔야 할 겁니다."

루인의 마지막 당부가 환청처럼 들려온다.

페르노크 또한 정보를 토대로 주인을 죽일 여러 수단을 모색해 왔다.

하지만 이 변수는 예상치 못했다.

'한 번은 죽일 수 있겠지. 하지만 그뿐이다. 이놈은 다시 부활한다. 산맥까지 함께 지워 버리지 않는 한, 이 녀석은 절대 죽지 않아.'

예측을 벗어난 상황은 그뿐만이 아니었다.

쿵! 쿵! 쿵!

고도 9000미터에 머물러 있어야 할 친위대가 정상까지 올라왔다.

'구역을 벗어나지 못하는 친위대가 어떻게……?'

그 순간, 페르노크는 주인의 마력이 산맥 아래로 침투하는 모습을 관찰안으로 목격했다.

마력을 빼내지 못하도록 세워진 결계 안에서 너무나 자유롭게 산맥의 흐름에 개입했다.

그건 비석에 심어진 가시처럼 산맥의 마기에서 태어난 마물들에게 전염되었다.

일련의 매끄러운 과정이 페르노크에게 오싹한 추측을 안겼다.

'이 산맥에서 재생성된 마물들이 놈의 마기를 품고 있다면, 데몬 나이트가 저급 마물들을 통솔하는 것처럼 주인 또한 자유롭게 상위 마물들까지 조종할 수 있다.'

추측에 확신을 심어 주듯 제자리를 벗어나지 못하는 친위대가 이곳까지 올라와 사방을 포위했다.

'결계는 내외부의 마력을 모두 차단하여 주인을 가두는 감옥이라고 모두가 생각했었지. 하지만 주인이 결계 밖으로 빠져나갈 방법이 처음부터 있었다면?'

마물의 산맥이 아직 마물로 들끓지 않던 시절.

한 명의 검사가 괴인을 베어 이 산맥에 봉인한 것이 오늘날 정상에 쳐진 마력 결계다.

페르노크조차 마력 결계를 힘으로 해제하지 못해서 보들레아의 마력 제어 장치를 가져오지 않았는가.

하지만 외부에선 출입이 불가능한 결계를 내부에서 돌파할 방법이 있다면?

페르노크가 비석으로 시선을 돌렸다.

비석은 불손한 흐름을 감지한다.

그리고 이 비석엔 주인의 마기를 닮은 가시가 박혀 있다.

즉, 산맥의 주인이 이 비석에 가시 같은 불순물을 섞어 지금까지 이상 현상이 밖으로 세어 나가지 못하도록 조종했다는 뜻과도 같았다.

"재밌구나."

페르노크가 송곳니를 드러내는 주인을 비웃었다.

"그 심장의 상처가 회복되는 대로 산맥의 모든 마물을 풀어 너를 가둔 것들에게 복수라도 할 생각이었더냐?"

마침내 도달한 결론에 긍정하듯이 주인이 포효했다.

크아아아아악!

비명과도 같은 울음이 정상을 뒤흔들었고 결계 안에서 흉측한 마기가 흘러나왔다.

페르노크의 마력을 간단히 집어삼키고도 남을 거대한 힘이 터졌음에도 비석은 울리지 않는다.

직접 와서 보지 않았다면 산맥의 주인이 결계 밖으로 마물을 간섭하여 '조종'한다는 말이 허무맹랑한 소리처럼 들렸을 것이다.

'정상 아래에서 다량의 마기가 포착된다. 안전하다고 생각했던 고도 8500미터 부근이 마물들로 뒤덮이겠군.'

페르노크가 주인을 무심히 쳐다보았다.

'지금 이 상태에서 결계를 해제했다간 길드원들은 물론이고, 대비하지 못한 성까지 모두 마물들에게 휩싸인다.'

차라리 주인을 완벽히 죽인다는 확신이라도 선다면 전투를 시작할 법했다.

하지만 산맥을 등에 업은 주인은 페르노크가 몇 번을 죽이더라도 다시 살아날 것이다.

산맥 전체와 혼자의 싸움.

예상치도 못한 변수가 연거푸 터져 나오자 페르노크는 계획을 수정할 수밖에 없었다.

'소모전은 이놈에게 유리해. 놈의 홈그라운드에서 어울려 줄 필욘 없지.'

주인은 공허한 눈동자에 간섭한 순간부터 페르노크에

게 자극받았다.

이 자리에서 죽이겠다는 살기를 폴폴 날리는 주인과 감정적으로 맞받아칠 필요 없었다.

정상 정복으로 향하는 길을 머릿속에서 새롭게 수정했다.

영법을 동원해도 주인이 가지는 변수에 대항하지 못할 거라고 생각한 순간, 페르노크가 모든 상황을 새롭게 계산해서 승리로 이어지는 새로운 포석을 던졌다.

'내게 유리한 전장으로 이놈을 끌어내린다.'

페르노크가 영력을 작은 형태로 바꿔 공허한 눈동자에 쏘아 보냈다.

카앙!

주인의 목이 뒤로 꺾였다가 바로 돌아온다.

결계는 마력만 가로막을 뿐, 영력까지 막진 못한다.

이곳에서 공허한 눈동자에 충격을 줄 수 있는 존재는 오직 하나뿐.

그 사실을 각인시키자 주인은 눈을 부릅떴다.

"마물들을 사용하지 못하면 결계 밖으로 나오지도 못하는 하찮은 놈. 그 머리에 박힌 보물이 아깝구나."

피식 웃은 페르노크가 비석을 부수고 그 조각 하나를 거머쥔 뒤에 바로 친위대를 돌파했다.

크아아아악!

등 뒤에서 분노한 주인의 포효가 들려온다.

심장을 온전히 수복하지 못했기에 결계 밖으로 나올 생각은 없어 보인다.

하지만 그것도 시간문제다.

놈은 온전치 않은 몸을 이끌고 반드시 내려온다.

영력이라는 위협적인 수단을 맛보았기 때문이다.

'네임드만으론 부족하다.'

아무것도 신경 쓰지 않고 산맥을 내려올 주인과 일전을 벌일 수 있도록 뒤를 든든하게 지켜 줄 힘이 필요하다.

새로운 토벌대를 구상해야 한다.

쾅쾅쾅!

단숨에 고도 8500미터까지 내려온 페르노크는 상위 마물들과 힘겹게 싸워나가는 길드원들을 발견했다.

안전하다고 느꼈던 구역은 역시나 주인이 친위대를 정상에 올려 보낸 시점에서 인간을 위협하는 전쟁터로 변하고 말았다.

페르노크가 그대로 주인과 어울렸다면 길드원들은 모두 이곳에서 전멸했을 것이다.

"길드장님!"

"주인을 죽인 겁니까?"

페르노크가 상위 마물을 단숨에 몰아치며 외쳤다.

"하산한다!"

"정상은……!"

"지금은 불가하다!"

그 순간 모두는 탈출에 최적화된 진형으로 하산하기 시작했다.

뒤쫓아오는 상위 마물을 오버 임팩트로 쳐 낸 페르노크가 간부진들과 나란히 달려 나갔다.

살리오가 물었다.

"주인이 길드장님으로도 감당하기 어려웠습니까?"

"놈의 마기는 내 마력을 몇 배나 웃돈다."

"그럼……."

"고작 마기가 강한 정도뿐이라면 충분히 죽일 수 있었다. 하지만 예상치 못한 변수가 끼어들었다."

모든 간부진들이 페르노크를 응시했다.

"주인은 결계를 나갈 수 있다. 또한 산맥의 마기를 지속적으로 흡수하고 퍼트리면서 마물을 통솔한다. 심지어 그 몸은 산맥의 마기가 고갈되지 않는 한 무한히 재생할 거야."

"그럴 리가 없습니다! 그런 말도 안 되는 놈이었다면 최초의 토벌대가 기를 쓰고 죽이려 하지 않았겠습니까!"

"당시에 어떤 판단이 섰는지 몰라. 이 산맥을 산업화시키기 위해 예상된 위험을 외면했을 수도 있지. 과거를 따져 봐야 의미 없어. 중요한 건, 지금 이 모든 변수를 우리만으로 극복하기 어렵고, 산맥에선 아예 불가능하다는 것이다."

"그럼……."

"첫 수순은 놈을 이 산맥에서 떨어뜨리는 것이다. 그리고 우리가 가장 자신 있는 곳에서 모든 변수를 차단하고 놈을 마무리 지어야 한다."

자신들이 마물에 붙잡혀 허우적거리던 모습이 페르노크의 발목을 붙잡는다고 생각했는지 간부진들은 무거운 표정으로 고개를 끄덕였다.

페르노크가 그들의 반응을 힐끗 살피며 말을 돌렸다.

"상위 마물 소재는 확보했나?"

"예. 오시기 전에 정리해 뒀습니다."

페르노크가 고개를 끄덕이며 외쳤다.

"성으로 귀환하는 즉시 전력을 가다듬겠다! 상위 마물과의 전투를 대비하도록!"

* * *

길드의 남은 간부진들을 모아 정상에서의 일을 토론한 페르노크가 곧바로 발투스와 보든을 불렀다.

"정상의 일은 잘 마무리했나?"

"아니, 많은 것이 어긋났어."

페르노크가 두 사람에게 정상의 일을 설명했다.

특히 보든은 믿기지 않는다는 표정으로 부정했다.

"선대 왕이 토벌대를 물릴 때, 그곳에 비석을 세웠어! 정상에 사소한 이변도 감지할 수 있게 세상에서 가장 깨끗한 돌을 모아 만든 감시망이, 어떻게 주인의 변화를 눈치 못 챘단 말인가!"

"토벌대 이후 비석이 제대로 작동하는지 확인은 했었나?"

"물론! 이곳의 결계석과 연동해서……."

페르노크가 비석 조각을 테이블에 올렸다.

왕가의 문장을 발견한 보든이 눈을 부릅떴다.

"제대로 된 신호를 비석이 내려 보내야만 결계석이 감지한다. 하지만 비석 자체가 오염된 시점에서 결계석에 신호를 전달하지 않으면 정상의 상황을 어찌 알지?"

"……."

"내가 비석을 부쉈는데도 결계석에 신호가 울렸나?"

보든의 표정이 딱딱하게 굳어졌다.

"다들 돈놀이에 미쳐서 정작 중요한 위험을 외면하고 있었군. 아무리 돈독이 올랐어도 안전 점검은 확실히 했어야지."

페르노크가 입꼬리를 쓱 말아 올렸다.

"결국 내가 헛걸음하지 않았나."

"그럼 이제 어떻게 해야 한단 말인가?"

"기사단을 소집하고 협회에서 현장에 투입시킬 수 있는 용병을 모아."

발투스가 진지한 표정으로 물었다.

"정상을 건들지 않는다면?"

"그럼 주인은 손대기 벽찰 정도로 성장해서 결계를 찢고 나오겠지. 그때가 되면 이곳에서 아무도 저놈을 막지 못해."

"자네가 있지 않나."

"내가 이곳에 얼마나 더 머물 거라고 생각해?"

발투스가 침음을 삼켰고, 보든이 옅은 한숨을 내쉬었다.

"규모가 커지면 상황이 복잡해져."

"왜지?"

"자네 길드만 움직인다고 했을 땐, 내 선에서 정상 정복을 감출 수 있었네. 모두 정상 정복의 실패를 예상했었으니까. 하지만 성과 협회까지 개입해서 대규모 토벌대가 조직된다면 나라에서 가만히 있겠나?"

정상 정복의 성공률이 비약적으로 상승한다.

"산맥 주인을 죽이는 즉시 산맥의 마기가 씻겨 나갈 거라는 말 때문이라면 전혀 걱정하지 않아도 된다고 일러 둬. 주인은 산맥의 흐름에 탑승해서 자신의 마기를 흩뿌리거나 산맥의 마기를 흡수할 뿐이야. 놈을 죽인다고 산맥 본연의 마기가 사라지지 않아."

"자넨 저 윗분들의 고집을 전혀 몰라. 저 사람들은 자신들의 이득과 관련된 사소한 것조차 양보하지 않고 변수라는 단어를 무척이나 싫어한다네. 차라리 자네가 왕국에 한자리를 차지하면서 그런 소리를 했다면 모르겠지

만 자넨 대부분의 권유를 거절하지 않았나. 왕국에 네임
드를 경계하는 파벌이 많아."

보든이 헛기침하며 조심스럽게 말을 이었다.

"이 이상은 내 힘으론 감추지 못해."

"만약, 왕궁에서 날 막기 위해 병력을 파견한다면 그
규모가 어느 정도일까?"

"많은 병력을 필요치 않을 걸세. 단 한 명으로도 충분
할 테니."

보든이 깊이 심호흡했다.

"궁정 마도사 혹은 근위 기사단이 움직일 걸세."

르젠 왕국을 지탱하는 세 명의 마도사.

그중 둘이 각각의 단체에 소속되어 있다.

"그들은 나라에 이익이 되는 행위라면 무엇이든지 할
잔혹한 위인들이야."

"손속이 거친가 봐?"

"내가 말하지 않았나. 한 번 결심한 일은 무조건 진행
하는 고집불통들이라고. 여차하면 네임드를 쑥대밭으로
만들고도 남겠지."

페르노크가 씨익 웃었다.

"마음에 드는군."

"뭐?"

"앞뒤 안 가리고 날뛰어 줄 마도사가 직접 찾아와 준다
잖아."

"둘 중 누가 와도 자네가 위험할 거라니까!"

"그거야 상황이 바뀌기 전이지."

권모술수에 능한 절망군주의 기억이 속삭인다.

아군에게 향한 흉기를 적에게 돌리는 무기로 바꿔 사용하라고.

"안 그래도 성내 병력만으로는 부족하다고 생각한 참이었는데 아주 잘됐어. 솜씨 좋은 고급 노동력을 편하게 부려 먹을 수 있겠군."

영문을 모르는 두 사람에게 페르노크가 의미심장한 미소를 지었다.

* * *

페르노크가 리오의 보고서를 받았다.

"산에 자그마한 마기가 흐르던 시절, 이형의 괴물이 마기를 탐하여 나타나니 그것은 인간처럼 먹고 대화하며 사악함을 전파하였다. 이에 격분한 검사가 괴물의 심장을 찔러 정상에 봉인하였고 그를 검성이라 칭하였다."

동화 같은 내용이라고 생각했었다.

하지만 직접 본 주인의 심장엔 분명 깊은 균열이 새겨져 있었다.

균열은 수십 년 동안 산맥의 마기를 흡수하여 본래의 상태로 회복되는 중이었다.

"검성은 훗날 괴물이 부활하여 지상을 업화로 물들 거라 하였지. 토벌대는 이 말을 허무맹랑한 소리로 치부했지만, 이젠 사실이 됐군."

"주인의 회복이 끝났었습니까?"

페르노크가 고개를 저었다.

"심장은 완전히 회복되지 않았다. 그럼에도 내 마력을 가볍게 웃돌았지. 놈이 완성되기 전에 죽여야 돼."

"산맥에선 불가능하다고 들었습니다. 아래로 끌어내리려면 미끼를 풀어야 하지 않겠습니까?"

"생각해 둔 미끼가 있다."

페르노크가 보든의 긴밀한 쪽지를 보였다.

[왕실 근위 기사단장 지프 후작이 직접 찾아온다.]

르젠 왕국 3인의 마도사 중 1인.

S1 마도사이자 바람을 다루는 광역 마도술의 달인이 기사단을 이끌고 산맥을 찾아온다.

"주인은 나를 경계하고 있다. 그런 상황에서 마도사와 고레벨 마법사들이 산 아래에 집결한다면 무슨 생각을 하겠나."

"정상에서 이곳까지 사태를 파악할 힘이 있다면……."

리오가 고개를 끄덕였다.

"……부상을 털고서라도 나와야겠지요. 가만히 있다간

죽을지도 모르니."

"마물을 끌고 내려올 가능성이 높다. 어쩌면 탐색전을 벌일지도 몰라."

"하지만 마도사를 이용한다는 게 도리어 저희의 발목을 잡을지도 모릅니다. 애초에 그들의 목적은 페르노크 님의 억류 아니겠습니까."

"나 하나만 주시해 준다면 오히려 좋은 일이지."

"예?"

"전력 보강이 더 필요할 것 같아서 십주회를 소집했다."

십주회란 A급 길드들의 모임이다.

5년에 1번, 사방으로 퍼진 A급 길드들이 협회의 요청을 받아 한자리에 모인다.

특별한 사정이 생기거나 의뢰가 겹친 경우 불참해도 상관없다.

하지만 협회가 아닌 A급 길드의 요청.

각 A급 길드들은 존속하는 동안 딱 1번, 강제로 십주회를 주최할 권리가 있다.

이때 나머지 길드는 강제적으로 참석해야 한다.

살리오와 엔리는 이 권리를 쓰지 않은 채 네임드에 통합되었다.

따라서 페르노크에게 강제적으로 십주회를 소집할 권리가 주어진다.

그리고 산맥에서 하산한 즉시 페르노크는 이 권리를 발

동시켰다.

살리오와 엔리는 이곳에서 가까운 성으로 십주회 장소를 택했다.

"살리오와 엔리가 지금쯤이면 회의 장소에 도착했겠군."

"다른 A급 길드들을 설득하기 쉽지 않을 겁니다."

"마도사가 이곳으로 오지 않나. 그 명성을 잘만 이용한다면 십주회에서 긍정적인 반응을 끌어낼 수 있어."

페르노크가 자리에서 일어나 창가로 걸어갔다.

"십주회는 두 사람에게 맡겨 두고, 저것들부터 처리하지."

강대한 마력을 품은 일단의 무리들이 성 안으로 진입했다.

르젠 왕실의 깃발을 건 마도사와 마법사들.

보든이 우려했던 왕실의 무력 단체, 근위 기사단이 거리를 활보하는 모습에 페르노크는 씨익 웃었다.

* * *

페르노크는 보든과 발투스에게 마물의 산맥 정상 정복 퀘스트 발주를 부탁했다.

최소 5레벨 이상의 마법사이거나 마법을 몰라도 물자 수송에 죽음을 각오한 자.

유언을 작성하고 시작하라는 퀘스트에 선뜻 나서는 지원자는 없었다.

게다가 고레벨 마법사들은 대부분 길드의 한자리를 꿰차고 있다.

그들이 움직이는 순간 길드도 함께 행동해야 한다.

따라서 퀘스트는 형식적인 도발에 불과했다.

모든 건, 르젠 왕국의 이목을 끌어당기기 위함이었다.

그리고 페르노크가 바라는 대로 왕도에서 거물이 찾아왔다.

"왕궁 근위 기사단장 지프다. 네가 페르노크라고?"

사람을 내려다보는 거만한 태도가 당연하다고 느껴지는 실력자.

지프는 50살의 나이로 S1 마도사에 올라 왕국을 지탱하는 세 기둥 중 하나라고 평가받는다.

"지프 경, 아니 후작이라고 불러 드립니까?"

지프는 용병 따위가 말을 놓는 게 불쾌하다는 기색이 역력했다.

"호칭은 아무래도 좋다. 그 말버릇도 문제 삼진 않겠다. 그러니 이곳에서 하려는 그 모든 행위를 즉각 중단시켜라."

"산맥 정복은 모든 용병의 꿈입니다. 그걸 왜 나라에서 막겠다는 건지 전혀 이해할 수 없군요."

"흥, 네깟 놈들이 산맥 정복? 진심으로 하는 소리라면 단단히 미쳤구나."

"저는 이미 정상에 올라갔습니다."

"알지. 알고말고. 왜 내버려 뒀다고 생각하지? 불가능하다는 걸 알기 때문이다. 네놈도 그 괴물을 봤다면 알지 않느냐."

지프가 비릿하게 웃었다.

"상처 입은 몸임에도 7레벨 마법사론 어림도 없다는걸. 그리고 결계는 어찌 뚫으려 했지? 그게 가능하다고 보느냐?"

"송구하지만 결계는 흔들리고 있습니다."

"하하하하하! 마력이 일렁이는 모습을 착각한 게 아닌가? 그 결계는 말이야. 최소 100년은 버틸 수 있어."

"하지만 제가 본 바론……."

"네가 마도사야?"

지프가 코웃음 치자, 페르노크는 말을 멈췄다.

"최초의 토벌대에 나도 있었다. 그 당시 마도사였던 라일 공작께서 이미 결계가 수백 년은 이어질 거라고 확답하셨어."

"잠시, 이걸 봐 주시겠습니까."

페르노크가 비석 조각을 꺼내 보였다.

왕국의 표식을 발견한 지프의 눈동자가 가늘게 좁혀졌다.

"정상의 비석은 이미 깨져 있었습니다. 하지만 결계석에 신호가 오지 않았죠."

"어디서 그런 헛소릴!"

"감시망은 이미 산맥 주인의 손에 놀아나고 있었던 겁니다. 놈은 몸이 회복될 순간까지 계속 숨죽여 있었다고요!"

"이런 돌 쪼가리 하나로 그런 허무맹랑한 소리를 믿으라고?"

"정상으로 올라가시면 모든 게 납득되실 겁니다."

"하아, 페르노크 길드장. 페르노크 길드장!"

지프가 탁자를 내리쳤다.

"말귀를 못 알아듣는 건가? 아니면 선량하고 정의로운 용병 행세라도 하려는 건가?"

"지프 경!"

"감시망이 부서졌다고 뭐가 달라져? 놈은 여전히 결계에 갇혀 있어! 감시망을 다시 세우고 관찰하면 끝날 일이야! 왜 이 간단한 일을 복잡하게 키우지?"

"사태가 걷잡을 수 없이 불어나기 전에 진압하려는 겁니다."

"이봐. 최초의 토벌대가 그깟 괴물 하나 죽이지 못해서 결계 안에 가두고 지켜보기만 한 줄 아나?"

"왕국은 결계를 뚫을 방법이 없다고 들었습니다."

"방법이야 있지. 시간이 얼마나 걸리더라도 결계에 계속 마력을 퍼부어서 부숴 버리면 됐으니까."

"가능한 일을 지금까지 미뤄 뒀단 말입니까?"

"산맥을 살리기 위한 길이었다."

페르노크가 미간을 찌푸렸다.

"그 주인은 산맥의 마력이 집중되는 곳에 뿌리내리고 있었다. 신경보다 더 촘촘히 연결돼서 산맥의 일부가 된 것 같은 느낌이었지. 그래, 머리다. 산맥이 몸이라면 놈은 마력을 배치하는 두뇌다."

"머리를 치면 몸이 죽는다. 즉, 놈을 죽이면 산맥의 마력이 사라질 거라고 믿는단 말입니까?"

"맞아. 지금 산맥과 연결된 주인이 죽는다면 마력은 통제를 잃고 폭주하다가 산화한다. 산맥엔 더 이상 마물이 자라지 않을 거야."

"틀렸습니다. 산맥은 마기를 계속 품을 것이고, 주인은 그 마기의 일부분만 흡수하고 있을 뿐입니다. 결코 주인이 거대한 마력을 조종하는 상황이 아니란 말입니다!"

"쯧쯧, 7레벨 마법사 주제에 지금 마도사의 식견을 부정한단 말인가? 고작 육체 강화 마법사 따위가?"

"지프 경!"

"내 마지막으로 당부하지!"

지프의 눈이 가늘게 좁혀진 순간, 페르노크는 온몸이 짜릿해졌다.

마도사의 압박감이 전신을 짓눌러 왔기 때문이다.

"국가의 사업으로 길드를 키웠으면 그 보답을 하게. 분수에 맞게 살아. 알겠나?"

"……"

"사업처를 올바르게 관리하는 용병이라고 해서 내가 직

접 찾아온 거야. 다른 사람이었으면 말로 끝나지 않았어."

"오늘 일을 반드시 후회하실 겁니다."

"그건 자네에게 해당되는 말이겠지."

지프가 혀를 찼다.

"재상께서 파벌 제안을 하셨을 때, 왜 거절했나. 비천한 신분이 자손 대대로 영광을 누릴 마지막 기회였을 텐데 말이야."

페르노크가 입술을 잘근 깨물었고 지프는 미련 없이 일어났다.

"경고는 이번이 처음이자 마지막이야. 괜한 일에 신경쓰지 말고 자네 일이나 똑바로 해. 아! 부서졌다는 비석은 기사단을 파견해서 복구하도록 하지."

대답 없는 페르노크를 뒤로하고 지프가 응접실을 나섰다.

보든이 진땀을 흘리며 달라붙었다.

"백작, 기사단과 머물 방 좀 마련해 주시오."

"이미 준비해 뒀습니다. 한데, 얼마나 머무실 생각이십니까?"

"저 용병이 쉽게 물러날 것 같진 않구려."

"하하, 알아 좋게 타일렀으니 물러날 겁니다."

"설마 저놈 눈치를 보시오?"

"그럴 리가요. 전임 백작이 제이크란 놈과 붙어먹다가 어떻게 됐는지 뻔히 아는데. 제가 같은 실수를 범하겠습니까."

"한데, 왜 인근 성에 기사 파견을 요청했지요?"

"후작님께서 비석을 다시 세울 동안 혹시나 마물이 발광할 경우를 대비해서 성을 안전하게 지키려 함입니다."

"마물이 산맥을 벗어나기라도 한단 말이오?"

"하하하, 예. 간혹 결계석에 감지되지 않는 마물이 민가에 피해를 끼치곤 합니다. 해서, 가까운 성주들은 유사시에 서로 협력하도록 얘기를 주고받고 있습니다."

"쯧쯧쯧, 쓸데없는 짓을."

"민심도 중요하지 않겠습니까."

지프가 웃음기를 머금으며 속삭였다.

"국가가 우선이오. 1왕자께서는 산맥에 관심이 많으십니다. 백작도 위로 올라가고 싶다면 노선을 잘 정하시오."

보든의 어깨를 두드린 지프가 몸을 돌렸다.

복도를 걸어 나가는 뒷모습을 물끄러미 바라보다가 보든이 응접실로 돌아갔다.

페르노크는 어느새 창가에 걸터앉아 있었다.

"왕도는 죄다 저런 부류인가?"

지프와 언성을 높이지 않았다는 듯, 페르노크의 목소리는 무척 차분했다.

보든도 특유의 능글맞은 웃음으로 대꾸했다.

"흐흐, 능구렁이들이 있는가 하면, 지프처럼 강한 힘으로 욕심을 부리는 부류들도 많지. 뭐, 근위 기사단들은 대부분 지프와 비슷하다고 보면 돼."

"혈통과 허영심으로 뭉친 머저리들이군."

르젠 왕국은 궁정 마도사가 모든 기사단을 관리한다.

하지만 예외적으로 근위 기사단은 독자적으로 움직일 권한을 가지고 있다.

그 특별함을 자랑이라도 하듯 근위 기사단은 12명에 불과하지만 아주 까다로운 자격을 충족해야 입단할 수 있다.

우선 6레벨 이상의 마법사여야 한다.

여기에 마법의 공격성과 특이성을 세분화시킨다.

마지막으로 가문의 혈통까지 완벽한 삼박자를 이루어야 근위 기사단에 소속된다.

지금 창밖 너머에서 빈둥거리는 저 기사단들이 모두, 이 나라의 엘리트들이었다.

"자네 기를 완전히 꺾어 놓으려 할 거야. 어쩌면 힘을 앞세워 파벌로 끌어들이려 할지 모르지."

"압박을 가해 오겠군."

"자네는 길드에 꼼짝없이 박혀 살아야 할지도 모르네. 지프의 성격이라면 그러고도 남아."

"좋지 않은가."

"응?"

페르노크가 피식 웃었다.

"자신들의 손으로 전쟁을 시작해 주겠다는데."

지프가 기사단에게 향하고 있다.

새로운 비석을 가리키며 어서 정상으로 올라가라는 듯 명하는 모습을 페르노크가 미소 지으며 내려다보았다.

* * *

"페르노크가 허튼짓 못 하게 잘 감시해."

"예."

"그리고 비석이 정말로 부서졌다면 큰일이다. 정상에 올라가서 비석을 수복하고, 결계 안의 상황을 지켜보도록."

"만약, 결계가 정말 무너지는 상황이라면……."

"쯧쯧, 부기사단장이라는 놈이 그 정도 상황 파악도 못해!"

지프가 눈살을 찌푸리자 부기사단장이 고개를 살짝 숙였다.

"결계가 해제됐다면 비석이 정상 작동하건 안 하건, 산맥에 거대한 마기가 화산처럼 폭발했을 것이다. 한데, 지금 산은 고요하지 않느냐. 설령, 결계가 흐트러진다 해도 마력을 불어넣어 다시 다듬으면 그만이야. 넌 잔말 말고 상황 주시만 해."

"예, 단장님."

부기사단장이 비석을 등 뒤에 둥둥 띄우며 단원들에게 향했다.

"정상으로 올라간다."

"단장님은 어찌하시고요?"

"우리만으로도 충분하다. 네임드가 정상까지 오르는 길을 닦아 줘서 단장님께서 인솔하지 않으셔도 충분해."

"거참, 용병들이 주제도 모르고 날뛰어서는……."

기사단원들이 비웃음을 흘리자, 부기사단장이 굳은 표정으로 말했다.

"비석의 수복이 최우선이다. 그리고 결계가 흐트러져 있다면 각자 마력을 넣어 결계의 흐름을 바로잡을 수 있도록 조치한다. 알겠나?"

"예!"

부기사단장의 인솔하에 단원들은 산맥을 올랐다.

네임드가 지나온 길을 따라 걷는 이들의 표정은 산책이라도 나온 것처럼 가벼웠다.

모두 6레벨 이상의 마법사들이다.

저급한 마물들은 감히 얼씬도 못 하고, 중급 마물도 일순간에 소멸되었다.

반나절도 지나지 않아 그들은 고도 8000미터를 돌파했다.

상위 마물은 아직 재생성되지 않아 네임드가 닦아 놓은 길은 몹시 순탄했다.

그들은 아무런 위협도 없이 고도 9000미터에 진입했다.

"친위대까지 쓸어버렸다고?"

평온한 길을 부기사단장이 놀란 표정으로 둘러보았다.

친위대를 예상하며 온갖 준비를 해 왔지만 아무런 마력도 느껴지지 않았다.

"그 용병들이 친위대를 없앴다고 했습니까?"

"그런 말은 듣지 못했다만⋯⋯."

기사단에게도 고도 9000미터는 버겁다.

네임드가 이곳을 쓸어버렸다는 사실에 놀란 것도 잠시, 부기사단장은 다시 길을 재촉했다.

그리고 정상.

아름다운 풍경이 그들을 반겼다.

"부기사단장님! 비석이 부서져 있습니다!"

페르노크의 말 대로였다.

비석은 산산조각이 난 상태였다.

부기사단장이 그 자리를 깨끗이 치우고 새로운 비석을 심었다.

감시망이 제대로 작동하는 것까지 확인하고 단원들에게 명했다.

"결계와 괴물을 함께 살피도록."

"예!"

단원들이 사방으로 흩어졌다.

거대한 결계 안의 무릉도원 같은 장소를 예의 주시했지만, 특별히 위험한 기색을 느끼지 못했다.

'결계도 굳건해. 정말 단장님의 말처럼 그 용병이 헛소

리라도 했단 건가?'

결계를 살피던 부기사단장이 저물어 가는 해를 살폈다.

"혹시 모르니 각 방위에 마력 트랩을 설치해라. 조금의 틈도 허용하지 마."

"예!"

단원들이 트랩을 깔기 시작했다.

이것은 결계 밖으로 마기가 흘러나오는 즉시 작동하는 비석의 감시망과 비슷한 원리로 만들어진 소형 감시망이었다.

"알버트, 먼저 간다! 빨리 끝내고 술이나 하자고."

"기다려! 금방 끝내고 따라갈게!"

6레벨 자연계 마법사 알버트가 트랩에 마력을 심어 결계 한 귀퉁이에 묻던 중이었다.

[내 눈이 되어라.]

머릿속에 괴상한 목소리가 들렸다.

그리고 눈 깜빡할 사이 알버트의 시야가 어두워졌다.

마기가 온몸을 뒤덮었지만 알버트는 입도 벙긋하지 못했다.

장막이 사라졌을 때, 그의 머릿속엔 이미 다른 누군가가 침입한 뒤였다.

"알버트!"

부기사단장의 호출에 알버트가 천천히 몸을 일으켰다.

새까맣게 물들던 눈동자가 다시 본래의 색을 되찾았다.

"알버트 뭐 하나!"

재차 호통이 들려오자 알버트가 웃으며 걸어갔다.

"트랩 하나 설치하는 데 시간이 오래 걸리는군."

"죄송합니다."

"마법 단련도 좋지만, 마력 수련도 게을리하지 않도록 해."

"예."

부기사단장이 다시 한번 결계를 살폈다.

단원들이 설치한 트랩은 정상 작동되었고 결계는 평온했다.

저 안의 주인을 살피지 못한 게 아쉬웠지만 결계가 무사하다면 굳이 확인할 필욘 없다.

"하산한다."

날이 저물기 전에 기사단은 산맥을 내려갔다.

노곤한 몸을 이끌고 보든이 준비한 연회를 만끽했다.

성내의 수많은 실력자와 권력을 가진 자들이 어울리는 모습을 알버트는 꼼꼼히 확인하고 있었다.

* * *

페르노크는 길드에서 성의 화려한 불빛을 바라보고 있었다.

다른 이들.

심지어 지프마저 저곳에 섞여 든 수상한 기운을 감지하지 못한다.

당연하게도 저것은 비석에 새겨진 가시와도 같은 것.

마력만 감지하는 마도사나 마법사들로는 이 특이점을 구분할 수 없다.

하지만 페르노크의 눈에는 점차 검게 물들어 가는 알버트의 영혼이 보였다.

"시작됐군."

4장. **개전**

개전

마물의 산맥에서 200km가량 떨어진 플겐하임 백작령 용병 협회 지부.

살리오와 엔리는 협회 상층 회의실에 들어섰다.

직사각형 탁자에 A급 용병단의 수장들이 앉아 있었다.

"십주회를 소집한 쪽에서 지각하는 건 예의가 아니지 않나?"

살리오와 엔리가 상석에 앉은 백금발의 남자를 바라보았다.

삼자 연합으로 통합된 네임드에 버금가는 세력을 가진 길드, 플라이드의 주인.

올해 40살의 나이로 7레벨 마법사이자 이 중에서 유일한 금급 용병 롤랑.

규칙과 규율을 중요시할 것만 같은 딱딱한 인상은 오랜만에 보아도 께름칙하다.

'롤랑이 사전에 얘기를 끝낸 모양인걸.'

'다들 말이 없군.'

한가락 하는 길드장 모두가 침묵으로 살리오와 엔리를 맞이했다.

그들은 마물의 산맥 소식을 알고 있다.

강제적으로 십주회를 소집한 살리오와 엔리에게 무심한 시선을 보내는 건 당연한 일이다.

더군다나 그들의 분위기로 보아, 롤랑이 여러 세심한 정보까지 전한 듯했다.

"하하, 미안하게 됐어. 여기까지 오는 길이 순탄치 않았거든."

엔리가 넉살맞게 웃으며 비어 있는 자리에 앉았다.

살리오까지 맞은편에 앉자 롤랑은 유일하게 비어 있는 자리를 물끄러미 지켜보았다.

본래 제이크가 있어야 할 자리였다.

"제이크를 죽인 너희 수장은 왜 보이지 않지?"

"거, 수장이라니. 우린 연합이야! 동맹이라고!"

"허튼소리나 하자고 우릴 부른 건 아닐 텐데, 엔리?"

롤랑이 다 알고 있다는 듯 얘기하자 엔리가 쓰게 입맛을 다셨다.

"어디까지 알아?"

"네임드가 산맥 정상을 정복하려 했다가 실패한 것. 그리고 왕국에서 이를 예의 주시하며 근위 기사단을 파견한 것."

"그럼 얘기가 빠르겠네."

엔리가 헛기침하며 살리오에게 눈짓했다.

"오늘 십주회를 소집한 이유는 예견된 참상을 막기 위함이다."

"참상?"

"삼자 연합 길드장 페르노크는 산맥 정상에 올라 왕국이 심어 놓았던 비석의 이상 현상을 발견했다. 그리고 결계가 흐트러져 있으며, 주인이 언제든 산을 박차고 내려올 수 있다고 하였지."

"주인이라……."

롤랑이 고개를 저었다.

"……최초의 토벌대가 주인이란 괴물이 결계 안에서 썩어 문드러질 거라 예상했었지. 그놈이 몸을 회복한다 해도 왕궁에 해를 끼칠 정도는 못 될 거다."

"당시에는 그랬을지 몰라도 지금은 상황이 바뀌었어. 길드장이 말하길 주인은 산맥의 마물을 부릴 수 있다더군."

"맞아. 분명 안전한 곳에 베이스캠프를 쳤는데 마물들이 습격해 왔었어!"

엔리가 거들자 롤랑의 표정은 차가워졌다.

"그 주인이 해방되는 순간, 산맥의 모든 마물이 지상으로 내려올 거란 말인가?"

"주인은 분명 하산할 거야. 그리고 그때, 상위 마물들과 싸울 힘이 필요해. 십주회를 소집한 이유는 '의뢰'를 하기 위함이다."

"A급 용병단을 휘하로 부리겠다?"

"마물 퇴치에 대한 보수는 확실히 지급하지."

"그리고 명예는 네임드가 가져가고?"

"아니. 주인을 퇴치하는 즉시 함께한 모든 용병들의 이름이 널리 퍼지도록 하겠다."

"성공률은?"

"근위 기사단이 합류했다."

"그들은 너흴 견제하러 온 거야."

"처음 목적은 그랬을지 몰라도, 당면한 문제를 마주하는 순간 얘기가 달라지겠지."

"글쎄. 지프는 르젠 왕국에서도 가장 호전적인 인물이다. 자기 파벌과 관련된 사안이 아니라면 꽤 흉포한 모습을 드러내지. 네임드는 이미 그쪽 파벌 권유를 거절했다. 그런데 협력을 기대한다고?"

살리오가 속으로 탄성을 터트렸다.

'역시, 롤랑은 네임드를 확실히 주시하고 있었구나.'

파벌 권유는 은밀히 진행되었던 일이다.

그 정보를 어디에서 얻었는지 몰라도 롤랑은 네임드를

꽤 성가셔하는 것처럼 보였다.

"설사, 너희들 말이 전부 사실이라 해도 왜 우리가 쓸데없이 전력을 낭비해야 하지?"

이에 호응하듯 A급 길드장들이 작게 고개를 끄덕였다.

"자기 구역의 일은 스스로 처리하자는 게 암묵적인 규칙이었다. 설마 A급 길드씩이나 돼서 자기 구역 관리 못 하겠다고 십주회를 움직일 생각을 하다니. 아무리 생각해도 어처구니없어서 웃음만 나오는군."

"수단과 방법을 가릴 상황이 아니야. 목적을 위해선 자존심도 내려 둬야 할 판이라고."

"산맥에 자리 잡았을 땐, 그 정도 각오는 했었어야지."

"그 밥그릇을 함께 지킨다면, 네 명성도 더 높아질 텐데."

살리오가 롤랑을 응시했다.

"흑급 용병이 라키스 제국의 후작이 되어 버린 뒤로 그자리는 현재 공석이 되었다. 다음 대의 흑급으로 지목되는 네가 산맥 주인 토벌에 가담해 준다면 그 꿈에 한 발짝 가까워질 거라고 장담하지."

"유감이지만 난 사소한 전력마저 소모할 생각이 없다. 마물 토벌과는 비교도 안 되는 의뢰를 수행해야 하니까. 그리고 그건 다른 사람들도 마찬가지야. 각자 의뢰를 진행 중인데, 산맥 토벌에 가담할 여유가 어디 있겠나."

그러자 엔리가 답답한 듯 호소했다.

"이대로 차려 놓은 밥상을 마다할 생각이야?"

"십주회는 엄연히 서로 간의 근황을 주고받는 소소한 모임이다. 거기에 너희들의 위험을 끌고 와서 함께 감당해 달라는 말을 아주 쉽게 내뱉는군."

롤랑의 웃음기가 걷혔다.

"착각하지 마. 우린 누가 누굴 돌봐 주는 사이좋은 형제가 아니야. 산맥에서 제이크와 너희들이 대립하며 지냈듯이 바깥세상에서는 A급 용병들도 서로 경쟁하는 관계다. 보수? 명예? 허울 좋은 구실로 손잡고 걸어갈 만큼 무르지 않아."

지독한 증오가 담긴 목소리였다.

롤랑의 과거를 아는 자들이 모두 침묵했다.

플라이드가 처음 A급 길드에 오른 날.

아직 세대교체가 이루어지기 이전의 A급 길드들은 십주회라는 명목으로 플라이드를 불러 갖은 시기와 질투를 보냈다.

심지어 승승장구하는 롤랑을 못마땅하게 여긴 몇몇 A급 길드들은 그의 의뢰를 갈취하거나 시비를 걸기 일쑤였다.

롤랑은 모진 시련을 스스로의 힘으로 극복했다.

다른 A급 길드들을 무너뜨리고 십주회에 새로운 질서를 만들었다. 그 자리에 앉은 것이 지금의 살리오와 엔리 그리고 다른 A급 길드들이다.

십주회 상석에 롤랑이 앉은 이유는 바로 그 때문이다.

"결국 흑급 용병이었던 그 사람도 용병을 버렸지. 네임드도 좋은 자리를 꿰차고 싶은 거 아닌가? 산맥 정복…… 르젠의 눈총까지 받으면서 진행할 정도라면 라키스로 가려나?"

롤랑이 코웃음 치며 자리에서 일어났다.

"발판으로 삼을 놈은 다른 곳에서 찾아. 너희들이 뭘 하든 관심 없어. 나와 엮이지도 마."

냉소를 흘리며 롤랑은 회의실을 떠났다.

살리오와 엔리가 다른 길드장들을 돌아보았으나, 그들도 고개를 저으며 회의실을 나섰다.

남겨진 두 사람이 서로를 바라보았다. 그리고 엔리가 한숨을 내쉬었다.

"이런 씨발. 하아, 저 좀생이가 진짜. 기어이 발목을 붙잡네."

"롤랑이 협력하지 않을 건 어느 정도 예상했던 일이야."

"하지만 다른 녀석들까지 선동하잖아."

"산맥에선 네임드가 주인이지만 바깥 용병 세계는 롤랑이 주름잡고 있어. 괜히 롤랑의 심기를 건드려서 좋을 게 없겠지."

"에휴. A급 길드라는 새끼들이 동급 길드 눈치나 보고……."

"하여간, 그 주둥이에 폐기물을 쑤셔 넣었나. 말버릇

험한 건 여전하네."

살리오와 엔리가 퉁명스러운 목소리를 따라 고개를 돌렸다.

장난꾸러기 같은 미소를 지으며 한 남자가 회의실로 다시 들어오고 있었다.

A급 길드 라비스의 길드장 6레벨 마법사 자드였다.

"뭐어? 롤랑이 무서워서 눈치 보던 건 너잖아."

"하이고, 내가 롤랑 구역에서 뛰어노는 것도 아닌데 뭐 하러 눈치를 보냐. 다른 영감탱이들은 몰라도 난 롤랑이 뭐라 하던 신경 안 써."

엔리와 자드는 같은 시기에 A급 길드에 올라 서로 동기라는 인식을 가지고 있다.

"그럼 왜 입 다물고 있었냐?"

"판돈이 얼만지 계산은 해 봐야지. 안 그래, 아저씨?"

자드가 뒤편으로 시선을 돌렸다.

갈색 로브를 입은 중년인이 들어왔다.

사냥 경험이 풍부한 비체스터의 길드장 6레벨 마법사 조디악이었다.

"그놈의 말하는 꼬락서니가 어째 변하질 않는구나."

"아저씨만 하겠수?"

"쯧쯧, 살리오 말고 싹수 좋은 것들이 하나도 없어. 단 하나도!"

살리오는 B급 길드였던 시절 조디악과 협동으로 의뢰

를 수행했던 인연이 있었다.

조디악은 살리오의 능력이 마음에 들어 몇 번이고 길드에 권유했지만, 결국 실패하여 간간이 소식이나 주고받으며 인연을 이어 나갔다.

"한데, 살리오야. 산맥에 그런 일이 있었으면 제일 먼저 알려 주지 그랬니?"

"그럴 경황이 없었습니다. 십주회를 열고 여기까지 바로 달려올 정도로요."

"그러게 나처럼 편한 길드장 밑에 오라니까."

"하하하, 페르노크 길드장을 보신다면 길드장님도 다 이해하실 겁니다."

"뭘?"

"무슨 자신감으로 그런 일을 벌이고 있는지."

순간, 조디악과 자드의 눈빛이 반짝였다.

살리오와 엔리가 서로를 보며 고개를 끄덕였다.

"다들 허무맹랑하게 여기지만 굉장히 승산 높은 전쟁이 펼쳐질 겁니다."

"마도사 지프도 결국은 우릴 도와줄 수밖에 없어."

조디악은 수염을 쓰다듬으며 고민했고, 자드는 테이블에 발을 꼬고 앉아 웃기만 하였다.

더 매력적인 제안을 해 보라는 듯한 두 사람에게 살리오가 결정적인 패를 꺼내 들었다.

"우린 산맥의 주인을 지상으로 끌어내릴 거야."

* * *

지프는 저물어 가는 석양을 감상하며 느긋이 차를 마셨다.

왕궁에서는 바빠 만끽하지 못했던 여유를 오랜만에 느끼는 중이다.

페르노크만 뜻대로 움직여 준다면 더 좋을 것 같았다.

'길드에 얌전히 갇혀 있다지.'

지프는 협회에도 페르노크가 절대 산맥 정상으로 올라가지 못하게 막으라고 엄포했다.

보든에게도 등산하는 인원들 중 네임드 길드는 철저히 감시하라 전했다.

다른 성으로 마물 소재를 유통하는 과정도 몇 가지 절차를 더 추가해 까다롭게 만들었다.

페르노크로서는 길드에서 무료한 시간을 보내는 것 말곤 방법이 없다.

"그 용병을 압박해서 무릎 꿇리십시오. 그리고 가능하다면 마지막 기회를 주는 것도 나쁘지 않겠군요."

재상은 지프를 파견하며 페르노크에게 1왕자파로 들어올 은밀한 권유를 진행하라 일렀다.

처음부터 강하게 페르노크를 몰아친 건 바로 이 때문이었다.

'7레벨 마법사가 귀하다곤 해도 너무 용병에 얽매이는 건 아닌가. 그런 천박한 혈통으로 왕좌에 오르실 왕자님을 보필한다는 게 참……'

고개를 젓던 지프가 찻잔을 내려놓았다.

'……2왕자 쪽에 공작만 붙지 않았어도 아쉬운 일은 하지 않았을 텐데.'

왕이 사경을 헤맨다는 일루미나 왕국의 새로운 후계 구도 만큼이나 르젠 왕국도 복잡한 파벌 전쟁이 진행되고 있었다.

1왕자가 유력한 후보였지만, 2왕자도 현명함이 남달라 왕국의 세 기둥 중 한 명인 공작의 지지를 얻고 있다.

다른 왕자들도 각자의 세력을 넓히고 있으니, 재상도 이참에 다양한 세력을 포섭하려 한다.

그런 의미에서 젊은 천재 용병이 이끄는 네임드는 아주 좋은 먹잇감이다.

기사단 하나를 새로 만들고도 남을 기회였다.

'이 정도로 호되게 혼냈으면, 저놈도 말귀를 알아들었겠지.'

왕국이 마음만 먹으면 마물 소재와 관련된 모든 사업들에 철퇴를 가할 수 있다.

일주일 내내 이 단호한 모습을 보여 주었으니 페르노크

의 생각도 깊어졌을 터.

이젠 굳건한 마음에 균열을 일으켜 1왕자 쪽으로 노선을 틀게 할 쐐기만 박으면 된다.

그리고 누군가를 강압하고 무릎 꿇리는 일은 지프의 전문 영역이었다.

"단원들을 소집해라. 네임드로 간다."

지프가 몸소 근위 기사단을 이끌었다.

용병들에게 기사단의 위용을 보여 주려는 듯 간간이 마력까지 흘려보내며 당당히 거리를 활보했다.

네임드의 입구에 서자, 리오가 황급히 달려왔다.

"후작님! 여기 까진 어쩐 일로 오셨습니까."

"내가 이 사건의 당사자를 만나겠다는데, 문제라도 있나?"

"아뇨. 그……."

"길드장을 만나서 할 얘기가 있으니 들어가겠네."

그러고선 지프가 성큼 안으로 들어갔다.

리오는 다급하게 집무실로 달려갔다.

잠시 후, 페르노크가 내려왔다.

"지프 경, 말도 없이 어쩐 일이십니까."

"할 얘기가 있는데, 여긴 응접실도 없나?"

"미리 말씀해 주셨다면 준비해 뒀을 겁니다. 그런데……."

페르노크가 근위 기사단을 보고 눈살을 찌푸렸다.

"……저건 뭡니까?"

"음?"

"저 맨 뒤에서 이곳을 두리번거리는 사람."

모두의 시선이 알버트에게 향했다.

알버트가 눈망울을 깜빡이며 집중된 시선에 당혹스러워하는 순간.

"웬 마기가 느껴지는군요."

"지금 뭐라는……."

지프가 불쾌하다는 표정을 지었을 때, 날카로운 바람 소리가 울려 퍼졌다.

카앙!

순식간에 벌어진 일이었다.

알버트가 지면을 움직여 땅에서 송곳처럼 다듬어진 돌을 지프 등에 솟구치게 하였고, 지프가 바람을 장벽처럼 만들어 돌을 막아섰다.

충돌이 일어난 뒤에야 느닷없는 기습을 기사단이 파악했다.

그들의 눈이 커질 무렵, 페르노크의 손날이 알버트의 목젖을 꿰뚫었다.

우우우우웅!

기사단의 마력이 솟구쳤다.

반사적으로 터져 나온 적의였지만 아무도 손을 쓰지 못했다.

지프마저도 알버트의 굴러다니는 머리를 부릅뜨며 쏘

아보고 있었다.

"불길한 인간."

알버트의 눈과 코와 귀와 입에서 시꺼먼 마기가 흘러나
왔다.

"역시 너희 인간들은……."

이윽고 알버트의 몸과 머리가 폭발하듯 터져 나갔다.

지프가 손을 털자 폭음이 바람에 삼켜졌지만, 기사단
의 표정은 딱딱하게 굳어 있었다.

바람이 씻어 가지 못한 말이 귓가에 아른거렸다.

[……절대 살려 둬선 안 될 재앙이다.]

* * *

산 아래 위험한 인간들이 모이기 시작했다.

인간 마법사에게 마기를 심어 다른 인간들이 눈치채지
못하게 성 내의 모습을 관찰하고 있었다.

마도사라 불리는 존재들과 고레벨 마법사들의 합류.

그것만으로도 위협적인데 성 내에 마물들을 소탕할 병
기까지 갖추고 있다.

위험하다.

인간들은 분명 그때처럼 다시 정상에 다시 침투하여 자
신의 목을 노릴 것이다.

용납할 수 없다.

인간에게 패하여 갇히는 수모를 두 번 다시 겪고 싶지 않았다.

힘이 생겼다.

산맥의 흐름이 자신에게 무한한 힘을 안겨 준다.

이제 두려움은 인간의 몫이다.

그그그그궁!

산맥의 주인이 눈을 떴다.

산맥을 관통하는 거대한 흐름에 자신의 마기를 심은 주인이 외쳤다.

[깨어나라.]

* * *

단원의 시체.

살점과 핏물이 한 줌의 마기로 녹아 버린 곳에서 저급한 마물이 샘솟았다.

페르노크가 마물을 짓밟고, 지프가 눈을 부릅뜬 순간.

쿠그그그궁!

산맥 전역이 들썩였다.

강대한 마기가 정상에서 터져 나왔다.

"결국······."

페르노크가 시커멓게 변하는 구름 너머를 바라보았다.

"⋯⋯주인이 움직이는군요."

* * *

결계석엔 아직 마물이 뛰쳐나간다는 반응이 없었다.

하지만 산맥 정상의 마기를 느낀 모든 이들이 한자리에 모였다.

성의 회의실.

원형 탁자에 앉은 이들의 표정이 굳어져 있었다.

페르노크가 그들을 훑으며 천천히 말했다.

"비석을 세웠다고 들었습니다. 하지만 결계석에선 여전히 반응이 없군요."

지프가 부기사단장을 쏘아보았다.

부기사단장이 식은땀을 흘리며 고개를 저었다.

"그럴 리가 없어. 분명, 비석을 세우고 결계 주위에 트랩까지 설치했다."

"트랩 덕분에 결계가 요동치는 상황까진 알 수 있습니다."

트랩이 없었다면 결계가 깨졌다고 착각했을 정도로 마기가 정상에서 계속 터져 나오는 중이었다.

하지만 그것이 지상까지 뒤흔들진 못했다.

"결계가 돌파되는 것도 시간문제입니다."

"결계는 굳건했어!"

"글쎄요. 마기가 흘러넘치는 상황을 보고도 아직 결계가 주인을 가둘 수 있을 거라 믿으십니까?"

"그건······."

"주인은 결계를 돌파할 겁니다. 이 정도 추세라면 어느 정도라고 생각하십니까, 지프 경?"

지프가 무심히 답했다.

"일주일 걸리겠군."

"이젠 제 말을 믿으시겠습니까?"

지프가 페르노크에게 시선을 돌렸다.

"어떻게 우리 단원이 마기에 오염되었단 사실을 알고 있었지?"

"비석의 특이점을 발견한 것과 비슷합니다. 뭐라 설명할 수 없지만, 저는 마력에 섞인 비정상적인 흐름을 어릴 때부터 구별해 왔었지요."

"왜 진작 알리지 않았나."

"길드에 처박혀 있었는데 무슨 재주로 스파이를 파악합니까. 저는 기사단과 제대로 대면한 게 오늘이 처음입니다."

뼈가 실린 말에도 지프는 입술을 깨무는 것 외에 달리 할 말이 없었다.

"이제 와서 그게 뭐가 중요하겠습니까. 저 위를 보십시오. 일주일 뒤에 주인은 결계를 부수고 산 아래로 내려올 겁니다. 강대한 마물을 통솔하면서 말이죠."

"……."

"이것마저도 부정하실 생각입니까?"

지프가 미간을 찌푸리며 탁자를 손가락으로 두들겼다.

무언가를 깊이 고민한 끝에 그가 입을 열었다.

"왕실에 연통을 넣겠네, 보든 백작."

"원군을 파병해 주시는 겁니까?"

"왕도에서 여기까지 무슨 수로 일주일 안에 군사를 보내는가. 택도 없는 소리야."

"그럼 무슨 이유로 연락을 하시는지요?"

"이곳 상황을 간략히 적고, 근위 기사단이 괴물을 다시 산맥에 봉인하여 수습하겠다고 적어 보내게."

보든이 눈을 끔뻑이며 말을 잇지 못하자, 페르노크가 날카롭게 물었다.

"지프 경, 저희가 왜 정상에서 그대로 내려왔는지 아실 텐데요?"

지프가 코웃음을 쳤다.

"산맥의 마력을 흡수해서 죽여도 재생한다는 것 때문이겠지. 하지만 저놈은 지금 지상으로 내려올 준비를 하지 않나. 그럼 지상으로 내려온 순간에 사지를 자르고 비틀어, 그 코어에 다시 한번 균열을 일으키면 그만이야."

"그렇게 다시 빈사 상태로 만들어 정상에서 봉인한다고 한들, 놈은 언젠가 복수를 기다리며 부활할 겁니다."

"이번엔 더 잘근잘근 씹어 줘야지. 수백 년이 흘러도

절대 회복하지 못하게."

"하지만 지프 경!"

"가두고 결계를 새롭게 세운 뒤에 감시병까지 붙이면 돼! 이 간단한 방법을 이해하지 못해서 지금 방자한 혓바닥을 놀리는 건가!"

지프가 탁자를 세게 내리쳤다.

"내게 훈수 둘 생각이라면 마도사는 되고 나서 해! 마력의 근본도 모르는 애송이들이 어디서 국가의 대계를 논하고, 마도사의 판단을 무시하려 들어!"

"지프 후작님, 그래도 이건……."

"보든 백작도 잘 들으시게! 나는 왕실에서 이곳의 상황을 정상적으로 수습하라 들었네. 구태여 내가 온 이유를 아직도 모르겠나?"

보든이 입을 다물었고, 지프는 단호히 말했다.

"이와 같은 최악의 상황이 닥쳤을 때, 근위 기사단의 힘으로 수습하라는 것이 전하의 뜻일세."

"산맥 주인을 죽여도 산맥은 정상적으로 돌아간다는 페르노크 길드장의 판단도 존중받아야……."

"왜 그런 무리수를 둬야 하나. 저 마기가 안 느껴지는가?"

지프가 좌중을 쓸어 보며 혀를 찼다.

"산맥 그 자체의 마기를 끌어 쓰고 내뱉는 놈이야! 그런 놈이 사라지면 산맥에 어떤 일이 닥칠 줄 알고 함부로 죽이느니 마느니, 멋대로 판단하는 건가!"

"후작님, 성이 위험할지도 모릅니다."

"하하하하! 내가 빠르게 괴물을 처리하고 마물들까지 함께 쓸어버리겠네. 고작해야 마물 따위에 왜들 이리 긴장하는지. 허, 참. 용맹한 르젠도 이젠 옛말이 되었군."

일국을 지탱한다는 마도사의 자신감이 좌중을 침묵시켰다.

"자넨 가까운 성에서 병력을 지원받도록 하게. 아, 그리고 협회도 용병들을 투입하시오. 왕실에서 보상을 내리도록 하겠소."

"알겠습니다."

발투스가 순순히 따르자 지프가 씨익 웃었다.

"이곳엔 솜씨 좋은 용병들이 많지. 그들과 힘을 합쳐 몰려오는 마물만 방비하시게. 나머진 내 알아서 처리해 주겠네, 보든 백작."

"예……."

"저 괴물도 멍청하군. 결계를 돌파하고 싶었다면 조용히 일을 처리했어야지. 대놓고 마기를 터트리는 데 대비하지 못할 우매한 놈들이 어디 있겠나."

지프가 자리에서 일어났다.

"일주일 후에 몰려올 마물들을 방비하게. 혹시 모르니 내 왕실에 다른 기사단의 파병도 요청하지. 장기전이 될 경우에도 걱정할 필욘 없어. 그리고 부기사단장."

"예, 단장님."

"단원이 정상에서 괴물의 농간에 놀아났단 사실도 몰랐단 말이야?"

"송구합니다."

"쯧쯧쯧. 실책은 이번 한 번만 넘어가겠네. 성과로 만회하게."

"예!"

지프가 고개를 끄덕이며 좌중에게 외쳤다.

"협회는 성과 협력하고, 모든 길드들은 성을 지키는 데 힘쓰도록."

막무가내로 소리친 지프가 로브를 걸치고 부기사단장과 회의실을 빠져나갔다.

성의 수뇌진들도 조용히 자리를 피했다.

남겨진 발투스와 보든은 의자 깊숙이 몸을 파묻으며 헛웃음을 터트렸다.

"결국, 자네 말대로 지프가 앞장서서 협력해 주는군."

"성의 '마력포'도 창고에 숨겨 놓으라는 조언이 그대로 들어맞았어."

감탄에서 우러나오는 눈동자가 페르노크에게 꽂혔다.

페르노크는 태연하게 물을 마셨다.

알버트가 산맥을 내려온 순간부터 마기에 침식당했단 사실을 알고 있었다.

산맥의 주인이 이곳을 관찰하려는 움직임을 바로 보든과 발투스에게 알렸다.

성 내의 주요 방어 시설은 들키지 않게 잘 감춰 두었다.

그리고 알버트를 죽이면서 마침내 지프의 참전을 이끌어 냈다.

"성질이 급한데다가, 명예욕이 높은 놈. 보든 백작이 말한 그대로라 부려 먹기 어렵지 않았어."

주인이 지상으로 내려왔을 때, 페르노크는 바로 싸울 생각이 없었다.

마물들을 죽이며 힘을 쌓고 주인이 약해지는 순간에 감춰 놓은 패를 활용할 생각이었다.

하여, 주인을 상대할 실력자가 필요했는데, 그게 바로 지프였다.

지프는 천성이 오만하고 혈통과 실력으로 사람을 평가하며 부리기를 좋아했다.

처음의 그는 전면에 나서지 않으려 했지만, 산맥에 비석을 심게 만든 순간, 그의 행동은 페르노크의 뜻대로 이루어졌다.

"주인을 죽여도 산맥이 괜찮을 거라는 내 말을 믿지 않은 이유야 당연하지. 나는 고작 용병 나부랭이니까. 하하하하!"

주인은 강하다.

알버트의 기습으로 파악한 지프의 마력으로는 주인을 감당하지 못한다.

'마도사는 법칙을 다스린다 했지. 설령, 비장의 수가 있

다고 하여도 상관없어.'

가장 이상적인 건 주인과 지프의 양패구상.

하지만 페르노크는 지프가 절대 주인을 이기지 못할 거
라고 확신했다.

'나처럼 마력을 흡수하는 방법을 알고 있다. 동급의 실
력자가 장기전으로 간다면 결국 추가 보급이 계속 이뤄
지는 쪽이 유리할 터.'

주인은 결국 지프를 죽인다.

지프의 마도술을 페르노크가 흡수한다.

그리고 주인과 강해진 페르노크가 맞붙는다.

왕궁의 마도사가 이곳에 파견될 거라는 말을 들은 순간
부터 페르노크가 짜 놓은 계획이 순조롭게 이루어졌다.

"내게 향하는 적의는 오히려 적을 몰아치는 무기가 될
수 있지."

페르노크의 손을 더럽히지 않고 지프를 죽임으로써 왕
국에 척 질 일도 없다.

모든 상황은 지프가 초래했다.

네임드는 어떤 타격도 받지 않고 주인을 죽이며 산맥의
정상을 정복한 길드로서 이름을 휘날린다.

명예를 드높이며 더 많은 용병을 규합한다.

불어나는 세력에 공허한 눈동자를 거머쥐고 루인을 끌
어당긴다.

그리고 지프의 마도술.

영력과 마력.

마도사의 지식과 경험은 얼마나 달콤할 것인가.

그 모든 걸 거머쥐며 마침내 높은 곳으로 도약할 생각에 페르노크가 미소 지었다.

"다들 준비는 끝났겠지?"

발투스와 보든이 고개를 끄덕였다.

지프가 오기 전부터, 산맥의 주인이 지상으로 내려올 상황을 대비하여 할 수 있는 모든 역량을 끌어 모았다.

성내의 백성들도 오늘을 기점으로 다른 성으로 잠시 피난한다.

이곳은 요새이자, 정상을 정복하는 역사적인 장소로 기록될 것이다.

"사냥 준비를 시작하지."

* * *

비록, 십주회의 절반 이상을 설득하지 못했지만, 조디악과 자드가 합류를 선언했다.

조디악과 자드가 길드 정예를 이끌고 살리오와 엔리를 따랐다.

서둘러 길을 재촉하여 나흘 만에 산맥과 가까워졌다.

"하늘이 어둡구먼."

어느 순간 태양이 흐릿해졌다.

"마물의 산맥은 이런 느낌이야?"

한 번도 산맥에 온 적 없는 자드가 신기한 듯 어두워진 길을 둘러보았다.

"아니. 사람 사는 곳은 다 비슷하지. 대부분 화창한 날이 많아."

"그렇다기엔 길이 너무 험한걸?"

자드가 피식 웃으며 서쪽에 고인 시커먼 물웅덩이를 바라보았다.

그곳에서 마기를 폴폴 흘리는 저급한 마물이 생성되었다.

"마물은 산맥에만 사는 거 아니었나?"

자드의 목소리가 끝나기 무섭게 엔리가 독기를 퍼트렸다.

마물은 비명도 지르지 못하고 녹아내렸다.

깨끗하게 정화된 물웅덩이를 살피며 살리오가 굳은 목소리로 말했다.

"본래 이런 곳에 생성될 마물들이 아니다."

"저건 특별한 현상인가?"

조디악이 묻자 살리오는 고개를 끄덕였다.

"특별하다 못해 위험한 징후지. 결계석을 빠져나왔단 뜻이니까."

페르노크는 산맥의 주인이 본격적으로 영향력을 행사하는 순간, 마물이 단계를 밟아 산맥 밖에서 생성될 거라고 하였다.

이것은 전초(前哨)다.

결계석도 감지하지 못할 미약한 마력이 밖으로 흘러나와 저급한 마물이 뛰어놀 구멍을 만들어 낸다.

구멍은 점차 커져 결국 결계석이 감지하게 되는데, 그때가 바로 마물들이 지상으로 쏟아지는 순간이다.

"전쟁이 시작되겠군."

살리오가 길을 재촉했다.

다른 사람들도 사태가 심상치 않음을 느끼고 숨소리만 흘리며 달려갔다.

그리고 하루 지나 도착한 성은 보기만 해도 흉흉한 병기들이 배치되어 있었다.

용병과 병사들이 성루에 서 있는 모습을 살피며 그들은 성 안에 들어섰다.

소식을 들었는지 페르노크가 네임드의 정예를 이끌고 찾아왔다.

"십주회의 보고는 받았다. 고생했군."

"아닙니다."

"조디악과 자드가 너희 두 사람인가?"

조디악과 자드가 앞으로 나왔다.

"만나서 반갑군."

"산맥은 인사를 길거리에서 하나?"

"아무리 계약서를 쓴 후라지만, 환대가 너무 거창한걸?"

페르노크가 피식 웃었다.

"지금 연회를 열 상황이 아니라서 말이야. 이해해라. 바로 전장에 투입되어야 할지도 모르니."

조디악과 자드가 고개를 갸웃할 때였다.

콰아아아아아아아아앙!

길드원들이 모두 귀를 막고 무릎 꿇었다.

성루 위의 용병들과 병사들은 주저앉았다.

4레벨 이상의 마법사들만이 눈을 부릅뜨며 산맥 정상으로 시선을 모았다.

화산이 터지는 것처럼 새까만 구름을 뚫고 마기를 머금은 돌덩이들이 사방에 떨어져 내리고 있었다.

그리고 정상에서 터져 나오는 섬뜩한 마기.

바람처럼 불어오는 마기가 살갗을 스치자마자 살리오와 엔리, 조디악과 자드는 등줄기가 오싹해졌다.

"너희들이 십주회를 소집하고서 이곳에 돌아오기까지 일주일."

페르노크가 마력을 퍼트려 이곳에 드리운 마기를 씻어 냈다.

"준비해라."

지프와 근위 기사단이 성루에 올라서고, 성의 병기들이 흉흉한 자태를 드러냈다.

"놈들이 내려온다."

우우우우우웅!

성 내 중심 결계석이 요동친다.

산맥 곳곳에 심어 둔 결계석들이 비정상적인 마물의 행동을 감지했다.

숲이 무너지고, 괴성과 마기가 켜켜이 쌓여 천지를 진동시키는 마물의 진군이 시작되었다.

* * *

깨져 나가는 결계 너머 새하얀 구름이 무한하게 펼쳐져 있다.

주인이 그곳에 발을 내딛자, 물감이 새하얀 도화지에 떨어지듯 구름이 새카맣게 물들었다.

한밤이라도 된 듯한 지상을 내려다보며 괴물은 떠올린다.

[너는 결코 살아선 안 될 재앙이다.]

자신을 이곳에 가둔 인간의 말을.

인간이 가진 증오를.

적의를.

두려움을.

[애석하구나. 네 목을 취해야 하는데…….]

자신을 빈사 상태로 만든 인간은 죽었다.

하지만 이곳에서 죽음을 떨쳐 내며 간신히 몸을 완성시키던 중 유사한 놈을 만났다.

"보물의 진가도 모르는 어리석은 놈."

괴물이 이마의 공허한 눈동자를 어루만졌다.

이 안에 담긴 힘은 굉장히 이질적이며 또한 뜻대로 움직여 주지 않는다.

'그놈을 죽인다.'

공허한 눈동자에 간섭했던 인간을 죽인다면 이 힘의 올바른 사용법을 알게 되지 않을까.

괴물이 웃었다.

세월이 흘러도 인간은 변하지 않는다.

언제나 재앙이 닥쳐온 뒤에 움직인다.

준비했을 때는 이미 늦었거늘.

마도사라 불리는 존재도, 그에 버금가는 마법사들도 모두 개미처럼 작게 보인다.

아직 심장이 복구되지 않았지만 상관없다.

'너희들의 심장을 파먹고 피를 마셔 다시 한번 부활하리라. 그리하여, 내가 이곳에 살아 있음을 증명하겠다.'

괴물이 포효했다.

산맥의 마기를 폭등시켜 상위 마물이 재생성될 시간을

앞당겼다.

그리고 괴물의 감정에 동화한 마물들이 함께 전율하기 시작했다.

괴물이 내려가니 산천초목도 움직이며 마물이 따라붙는다.

검은 점에 불과했던 것들은 거대한 물결이 되어 괴물의 뒤를 따랐다.

그 더럽고 추악한 기운들이 결계석을 새까맣게 물들이며 성으로 진격한다.

들린다.

인간들의 숨소리가.

공포에 박동하는 심장이.

피와 두려움이 만연한 성과 마주한 순간, 괴물은 잊고 있었던 자신의 이름을 자각했다.

카르고라스.

산맥의 주인은 만물의 탐욕을 먹어 치우는 포식자였다.

* * *

거대한 먹구름이 성을 뒤덮고 있었다.

"온통 마기라 녀석을 분간하기 어렵군."

지프가 성루에 올라, 산맥에서 내려오는 검은 물결을 바라보았다.

"자네들이 힘 좀 써 줘야겠네."

지프는 산맥의 주인을 담당하기로 결정되었다.

하지만 산맥의 마기가 비정상적으로 흘러가며 마물들이 넘치는 상황에서 주인만 찾아내기란 쉽지 않았다.

"제가 마물을 막아 내겠습니다. 수가 줄어들기 시작하면 주인도 모습을 드러낼 터. 그때, 지프 경께서 마무리를 지어 주십시오."

"영 맹탕은 아니었구먼."

지프는 페르노크가 제안한 전략이 마음에 드는지 씨익 웃으며 기사단과 한 구석에 자리 잡았다.

페르노크는 보든에게 말했다.

"마물은 정면에서 치고 들어온다. 성을 끼고 있는 우리가 힘 싸움을 마다할 이유가 없어."

"하지만 마력포에 함께 휩쓸리지 않겠나?"

마력포는 르젠 왕국의 전술 병기다.

왕국 고유의 기술로 만들어 낸 포신에 마법사들이 마력을 불어넣어 충전하고 증폭하여 다시 쏘아 보내는 방식이다.

구경하기도 힘든 마력포가 이곳엔 무려 다섯 개나 존재했다.

필요한 마력은 협회 용병들 중 전선에 직접 투입되지 못하는 저레벨 마법사들이 담당하기로 되었다.

"틈은 내가 만들어 놓지. 당신은 보이면 작정하고 쏴."

"음, 휩쓸려도 내 원망은 말게."

"기사단은 어찌 되었나?"

"절반을 자네에게 붙여 주지. 5레벨 마법사 10명이자 네를 나처럼 여기고 움직여 줄 거야."

"단장과 부기사단장은?"

"그들은 성을 지켜야 돼. 모두 빼 가면 곤란해."

보든이 산맥을 께름칙하게 바라보자 페르노크가 피식 웃었다.

"협회는 별동대 준비가 끝났나?"

"물론. 라무트도 오랜만의 전투라 들끓던 모양이야."

이 산맥의 또 다른 6레벨 마법사.

협회의 노신사 라무트는 3, 4레벨의 마법사들을 이끌고 측면을 노리기로 하였다.

가장 강력한 돌파력을 자랑하는 네임드가 정면에서의 힘 싸움만 신경 쓰도록 하기 위한 조치였다.

"라무트의 마법은 어떤 종류지?"

"암살에 특화되었지."

"변수 창출에 도움이 되겠군."

"허허, 눈빛만 봐도 알 걸세. 푹 쉬었다곤 해도 실전에 들어서면 날카로워지는 사람이라, 손가락만 까딱여도 바로 반응할 거야."

"좋군. 그럼 우리도 준비하도록 하지. 각자, 최악도 염두하고 움직이도록."

발투스와 보든이 고개를 끄덕이며 각자의 자리로 돌아 갔다.

페르노크는 성문 앞에 대기 중인 길드원들에게 향했다.

"그동안 얘기했던 대로 우리가 선봉대다. 가장 정면에 서 적의 목을 딴다."

"사람 참 험하게 부려 먹네."

자드가 한쪽에서 헛웃음을 터트렸다.

페르노크가 성루 위에서 전체적인 틀을 짜는 동안, 새 로 합류한 자드와 조디악은 이곳에서 세세한 전술을 전 달받았다.

"합을 맞출 시간은 줘야 하지 않아?"

"하루 정도 예상했었지만, 마물의 성격이 생각보다 급 하더군. 어쩔 도리가 있나. A급 길드들의 경험을 믿는 수 밖에."

조디악이 피식 웃으며 물었다.

"우리 마법은 전해 들었겠지?"

"물론."

"휩쓸리지 않을 자신 있어?"

"내가 시키는 대로만 해. 그럼 아무 피해 없이 끝날 거야."

"살리오 말대로군. 자신감이 아주 넘쳐. 젊은이의 혈기 란 건가. 하하하하하!"

조디악이 웃으며 페르노크 왼쪽에 섰다.

살리오와 엔리는 오른쪽 그리고 자드는 후방이다.

페르노크는 고레벨 마법사들과 선두에 섰다.

"할람, 이곳에서 리오의 지시대로 움직이도록."

"예, 길드장님!"

할람이 길드원 30명을 이끌고 사라질 무렵.

그그그그그긍!

성문이 열리고 저 멀리 새까맣게 밀려오는 대해(大海)
와 마주했다.

살을 에는 듯한 진한 마기는 페르노크가 주먹을 들어
올리자 언제 그랬냐는 듯 사라졌다.

"평소처럼 해."

아티펙트 글러브에서 은은하게 흘러나오는 빛이 언제
나처럼 승리로 이끌어 줄 것만 같았다.

"우린 지는 싸움을 하지 않는다."

페르노크의 장담에 네임드 전원이 씨익 웃으며 기세를
북돋는 그 순간.

뿌우우우우우우-!

산맥에서 마물이 내려왔음을 알리는 웅장한 나팔 소리
가 울려 퍼졌다.

"모조리 쓸어버려!"

* * *

페르노크와 마법사들이 진군한다.

산맥에선 거대한 마력이 물결처럼 밀려온다.

꿀꺽 침 삼키는 소리가 천둥처럼 들려올 때, 보든이 성루에서 외쳤다.

"발광탄!"

병사가 전면으로 던진 뭉툭한 구슬에 마법사의 화염이 강타했다.

그 순간 터져 나온 섬광이 어둠을 몰아내고 검은 윤곽을 드러낸다.

"캬아아아악!"

평소 용병들이 사냥하던 하급마물들의 숫자가 어느새 지상을 빼곡하게 뒤덮고 있었다.

페르노크가 하급 마물들을 상대로 힘을 빼선 안 된다.

보든이 검을 높이 들어 올리자 성루의 깃발이 정면을 가리킨다.

어딜 조준하더라도 마물들은 밀집되어 있다.

페르노크가 휩쓸리지 않도록 사거리만 더 길게 늘리면 된다.

"마물들이 절대 이 신성한 땅을 밟지 못하게 막아라!"

불화살이 제일 먼저 하늘을 갈랐고, 하급 마물들이 귀찮다는 듯 몸으로 막으며 계속 달려온 순간.

쾅!

성에서 터져 나온 섬광이 새까만 물결을 뒤덮었다.

거대한 구덩이가 생긴 자리의 마물은 녹아내려 한 줌의

마기가 되었다.

그러나 그 자리를 순식간에 다른 마물들이 채웠다.

마력포를 발동한 마법사들이 탈진하듯 주저앉았지만, 이 강렬한 위력에 여운을 느낄 여유는 없었다.

"2파 준비!"

협회에서 지원한 용병 마법사들이 대신 마력포에 자리했다.

"수 속성 마법사들은 포를 냉각시켜!"

"네임드와 마물 충돌까지 200미터!"

"서둘러! 길을 확보해야 한다!"

사방에서 탄내가 올라올 무렵이었다.

"백작님!"

별안간 기사 단장이 번개처럼 날아올랐다.

카앙!

아무것도 없는 허공에 불꽃이 튀기며 어두운 하늘이 일렁거렸다.

이윽고 그것은 날카로운 발톱을 가진 거대한 새가 되었다.

나이트메어 아이글.

고도 8000미터 이상에서 서식하며 어둠에 몸을 숨기고 사냥감을 은밀히 사냥하는 노련한 사냥꾼.

6레벨 이상의 마법사도 놈이 지척에 다가온 뒤에야 기척을 파악했다.

"끼오오오오옷!"

상위 마물을 생전 처음 보는 이들이 새까맣게 타오르는 불꽃을 멍하니 바라보았다.

그건 마치 지상에 내리쬐는 태양과도 같았다. 흉흉하며 거대해지는 불꽃이 성 전체를 휘감은 순간.

서걱! 펑!

나이트메어 아이글과 불이 단번에 두 동강이 났다.

거대한 몸뚱어리가 성벽 아래로 추락한 뒤에야 병사들이 정신을 차렸다.

보든이 옆으로 시선을 돌렸다.

지프가 지팡이를 털어 내고 있었다.

"쯧쯧, 고작 이런 놈 하나에 휘둘려서 정신을 못 차리다니, 용병 나부랭이들 때문에 병사들이 나태해지는 거요."

지프가 하급 마물 위에 모습을 드러내는 강렬한 마기로 시선을 돌렸다.

데몬 나이트, 킹 스네이크, 에일 솔루, 라프.

A급 길드 두셋이 달라붙어야 죽일 수 있는 상위 마물들이 연달아 모습을 드러냈다.

"이 성의 마력포는 저것들에겐 흠집도 내지 못할 것이니, 중하급 마물한테만 사용토록 하시오. 성루는 절대 침범당하지 말고."

지프가 근위 기사단을 불렀다.

그는 더 이상 성벽에 미련이 없었다.

쾅!

마력포가 재차 불을 뿜어내며 하급 마물을 휩쓸었다.

페르노크가 마침내 마물들과 접촉했다.

그 한순간, 바람의 마도사는 마기 속에 숨겨진 강렬한 적의를 읽었다.

"허허허, 영악한 줄 알았더니, 애송이였구나."

지프가 바람에 근위 기사단을 실어 적의가 느껴지는 곳으로 향했다.

보든은 성을 아랑곳하지 않는 지프의 태도에 짜증이 치솟았지만, 바로 표정을 가다듬으며 성벽을 정비했다.

"불을 밝혀라! 어떤 마물도 이곳을 넘보게 하지 마라! 마력포를 재장전하고, 기사단은 아이글과 같은 상위 마물과의 전투를 대비하도록!"

"충!"

기사단이 일정한 간격을 두고 새롭게 배치되어 마력을 끌어 올린 순간, 협회의 노련한 용병들이 움직이기 시작했다.

노신사 라무트가 이끄는 별동대가 마물의 측면을 파고들었다.

* * *

페르노크는 성에 걸린 청기를 힐끗 보았다.

다른 사람들도 느낀 모양이다.

"길드장님, 지프가 정말 이쪽은 버린 것 같습니다."

청기는 지프가 주인을 찾아냈으니, 절대 선봉대의 뒤를 봐주지 않을 거라는 뜻.

페르노크는 개의치 않았다.

처음부터 지프의 협조 따위는 고려조차 안 했으니까.

오히려 그가 돕겠다는 이유로 어설픈 선의를 내비치지 않아서 다행이다.

콰드득!

성에서 열어 준 길을 빠르게 돌파하며 자드가 물었다.

"마물이 끝도 없이 밀려들어! 어디까지 들어갈 셈이야!"

"상위 마물."

"저 끝까지 간다고?"

"조디악이 있으면 가능하다."

눈을 동그랗게 뜨던 자드가 마물을 베어 내며 감탄사를 터트렸다.

"캬, 이거 또라이네."

자드가 적을 인정할 때 종종 내뱉는 말이다.

"만난 지 얼마나 됐다고 아저씨를 한계까지 쥐어 짜내려고 하냐."

"잡담할 여유 있냐! 너도 바쁘게 움직여, 이 새꺄!"

엔리가 대형을 유지하며 자드를 쏘아붙일 때, 페르노크가 피식 웃으며 조디악에게 전했다.

"열어."

조디악의 마법은 대지를 붕괴시키는 자연 계열.

특히 그의 마법은 광범위하여 평야에서 활약하기에 굉장히 뛰어나다.

섬세함이 필요하지만, 조디악은 충분한 실력을 갖추었다.

"여기서 마법을 썼다간 마물들이 모두 분단된다. 중, 하급 마물들이 성으로 가는 걸 막지 못해."

"우린 상위 마물만 처리한다."

"지나가는 마물들은 모두 내버려 두겠다는 거야?"

"그 정도도 못 막을 얼간이들이 성에 있겠나."

순간, 조디악이 눈을 끔뻑였다.

이윽고 그가 웃음을 터트리며 지면에 두 팔을 붙였다.

"크하하하하! 살리오가 왜 따르는지 알겠군!"

콰콰콰콰콰쾅!

지면에 거미줄 같은 균열이 반경 500미터까지 뻗어 나갔다.

중, 하급 마물들이 갈라진 대지 사이로 떨어질 때, 페르노크의 눈은 상위 마물에게 향한다.

무려 10개체가 모여 있다.

"데몬 나이트를 잡을 때, 우리 셋이 했던 내기를 기억하나?"

살리오와 엔리가 씨익 웃었다.

"기사단까지 데려가. 그리고 흔들어."

두 사람이 상위 마물 한복판에 달려들었다.

"자드, 조디악을 지키며 불꽃으로 상위 마물의 눈을 흔들어라."

"그것뿐?"

"상위 마물 한 채 쓰러트리려고 네 불꽃을 전부 태우는 것보단, 화력을 조절해서 시야를 흐트러뜨리는 게 훨씬 유용하지."

"날 견제용으로만 쓰기엔 화력이 부족하지 않아?"

페르노크가 아티펙트 글러브에 영력을 더하며 상위 마물에게 몸을 돌렸다.

"충분해."

* * *

중, 하급의 마물들은 성의 마력포로 충분히 대응할 수 있다.

문제는 상급 마물들이 성으로 진격하는 경우다.

상급 마물에 대응하느라 전력이 분산되고, 중급 마물들이 성을 넘어선다.

최악의 경우를 방지하기 위해선 상급 마물을 이곳에서 제거해야 한다.

피융~!

측면에서 불꽃이 터져 오르는 것을 확인한 페르노크가

자들 뒤로 물렀다.

"상위 마물들은 지성을 가진다. 자기보다 낮은 등급의
마물도 쉽게 끌어당기지. 자드, 너는 우리 호흡에 맞춰
상위 마물들의 시야를 흐트러뜨리고 다가오는 중급 마물
들을 배제시키도록."

"위험해 보이면 사방에 불 지른다. 상관없지?"

"마음대로."

네임드와 상위 마물들이 어울리는 전장 속으로 페르노
크가 뛰어들었다.

타이밍에 맞춰 수십 개의 불꽃이 생성되었다.

퍼퍼퍼펑!

한 치의 오차도 없이 상위 마물들의 눈앞에서 불꽃이
터졌다.

"엔리!"

엔리가 독검으로 이족보행형들의 발목을 갈랐다.

그와 동시에 상위 마물들의 시야가 회복되었다.

산맥이 아님에도 경이로울 정도의 재생력이다.

하지만.

크그그긍!

이족보행형 상위 마물이 급격하게 무너졌다.

상처를 재생했으나 발목에 심어 버린 독까지 해독하진
못했기 때문이다.

"여기가 산맥인 줄 아냐!"

엔리가 장기를 유감없이 발휘했다.

산맥이었다면 마기로 모든 상처가 회복되었을 것이다.

하지만 지상에서 상위 마물들은 마기를 공급받지 못한다.

게다가 이쪽은 지리의 이점까지 활용한다.

"흐아압!"

입을 쩍 벌리며 달려오는 킹스네이크 앞에 살리오가 망치를 내리쳤다.

그 순간, 킹스네이크가 지나온 모든 길이 갈라지며 거대한 몸체가 땅 밑으로 가라앉으려 했다.

땅 밑에서 기어오르려고 바동거렸으나, 살리오는 기사단을 대기시켜 놨다.

"쏴!"

살리오의 파동에 맞춰 기사단의 마법이 무차별적으로 폭격한다.

킹스네이크의 몸이 워낙 큰 탓에 출력을 낮춰 별도의 조준을 하지 않아도 모두 명중했다.

쾅!

킹스네이크의 처절한 울부짖음을 듣고 날개 달린 마물이 내려오려 하였으나, 페르노크의 주먹이 날개를 강타했다.

쉐에에엑!

어둠이 일그러지며 칼날 같은 무언가가 양옆에서 날아왔다.

페르노크는 관찰안으로 그 섬뜩한 기습을 회피했다.

후웅!

빈자리를 가르며 나타난 마물은 아울 페이서였다.

'산맥의 마기가 폭등하면서 마물의 재생성 시간이 앞당겨졌다. 한 달은 걸려야 재생성될 놈이 불과 보름 만에 다시 나타나는군.'

아울 페이서가 날뛸 수 있는 이유도 산맥이 전장이기 때문이다.

마기를 공급받지 못하는 마물이 사용할 수 있는 힘은 한정적이다.

하지만 마물을 죽이고 그 힘을 흡수하는 페르노크는 시간이 지날수록 강해졌다.

쾅쾅쾅쾅!

페르노크와 맞부딪칠수록 아울 페이서의 속도가 떨어졌다.

다른 상위마물들이 접근하지 못하도록 자드가 연신 불꽃을 쏘아 보냈다.

조디악은 다시 한 번 지면을 붕괴시켜 소형 상위 마물들이 제 속도를 내기에 어려운 지형을 만들었다.

'이쪽의 호흡은 나쁘지 않아. 하지만 네놈들은 다르겠지.'

이곳의 마물들은 협력을 인식하고 있으나, 세세한 전술까지 구사하지 못한다.

주인의 명령에 유기적으로 움직이는 친위대는 지프가

막아서고 있다.

누구의 명령도 받지 못하는 고고한 마물들은 제각각 낯선 환경에 적응하는 수밖에 없다.

'그나마 남아 있던 협력이란 단어마저 위협 앞에 무너지는 순간, 네놈들은 각자의 영역을 수호하던 개인적인 움직임만 펼치겠지.'

페르노크가 땅을 박차기 무섭게, 살리오가 망치에 그를 태워 위로 쏘아 보냈다.

삽시간에 덩치 큰 상위 마물들의 한복판에 떨어진 페르노크.

"캬아악–!"

아가리를 쩍 벌리며 독내를 풍기는 마물의 머리에 올라타니, 그 위로 거대한 두 손이 내리 찍힌다.

두 주먹이 강철처럼 단단한 거인 같은 마물이었다.

'다른 마물들이 휩쓸리는 건 눈에 들어오지도 않겠지. 오직 눈앞의 인간을 죽이는 것에만 몰두한다.'

페르노크는 가속 마법을 이용해 뒤로 뛰었고, 거대한 손은 마물의 머리를 강타했다.

마물이 비명을 지르며 땅에 꽂히기 무섭게, 페르노크는 울퉁불퉁한 지면을 박차고 두 손을 날린 마물의 가슴팍에 거머리처럼 붙었다.

그 위에 화염이 꽂히자, 페르노크는 다시 자리를 이탈했다.

"크오오!"

상위 마물의 화염에 엉뚱한 상위 마물이 불탄다.

페르노크가 화염을 쏘아 내는 마물의 등에 달라붙으니, 다른 마물들이 멈칫했다.

그들도 눈치챘다.

이 영악한 인간이 빠른 몸놀림을 활용해 자신들의 공격을 아군에게 유도한다는 사실을.

하지만.

"늦었어."

페르노크가 아티팩트를 대검으로 변환시켜 그대로 마물의 등에 꽂았다.

마력강체술로 북돋은 근력을 폭발시키며 대검을 내리찍으니, 마물은 진녹색 피를 흩뿌렸다.

그것을 시작으로 상위 마물들 사이에 파고든 길드원들이 날카롭게 움직였다.

마물과 인간이 얽혀 적아를 구분하기 힘들 정도로 혼란스러운 한복판.

콰아아아아앙!

자드의 불꽃이 상위 마물들의 눈을 가리기 무섭게 페르노크가 질주했다.

눈앞에 인간들이 돌아다니는 모습을 보고 있음에도 다른 마물들과의 충돌이 본래의 움직임을 제약시킨다.

한두 마리씩 짝지어 움직였다면 상위 마물들은 수월하

게 인간을 집어삼켰을지도 모른다.

문제는 조디악의 대지 붕괴로 상위 마물과 다른 마물들이 차단된 상태라는 것.

즉, 상위 마물들은 좁은 구역에 밀집해 있다.

"키아아악!"

양쪽에서 비명이 울려 퍼지고, 전면에선 페르노크가 휘젓는다.

페르노크를 무시할 수 없는 마물들은 양쪽으로 향하지 못한 채, 요리조리 빠져나가는 그를 어떻게든 짓뭉개려 한다.

그때마다 다치는 것은 같은 마물이었다.

모두 덩치가 컸기에 어떤 공격을 사용하더라도 스칠 수밖에 없다.

"자드! 합류해라!"

중급 마물들이 이쪽으로 다가오지 못하는 모습을 확인하자마자 총공세를 가했다.

상위 마물의 숫자가 줄어든 시점에서 자드의 섬세한 불꽃 운영은 필요치 않다.

압도적인 화력으로 남은 마물들이 특수한 능력을 발동하기 전에 섬멸해야 한다.

"조디악!"

깊은 말은 필요치 않았다.

수많은 의뢰로 단련된 조디악은 마물의 퇴로를 거대한

돌기둥을 세워 봉쇄했다.

"코어를 노려!"

왼쪽에서 자드와 엔리가, 오른쪽에서 살리오, 그리고 정면의 페르노크.

세 방향을 조이며 무차별적으로 난사되는 마법들이 상위 마물들을 갉아먹기 시작한다.

페르노크는 아티펙트 대검에 바람을 휘어 감으며 강도 높은 상위 마물들을 거침없이 베어 나갔다.

죽은 마물들의 마력과 영력을 계속 보급해 나가니, 정작 기세를 잃는 건 상위 마물들이다.

산맥에서야 마력 농도가 짙어서 마법사들이 불리하게 싸운다지만, 이곳은 마물들에게 마력을 보급해 줄 수 없는 인간의 영역이다.

저레벨 마법사도 마력만 뒷받침되면 마법을 연사할 수 있다.

하물며, 고레벨 마법사들의 캐스팅 속도는 산맥보다 두 배 이상 빠르다.

콰콰콰콰쾅!

산맥에선 숨이 턱 막힐 것 같던 상위 마물들이 하나, 둘 무너지기 시작했다.

페르노크가 쐐기를 박듯 데몬 나이트의 머리를 쪼개며 외쳤다.

"아직 마물이 남아 있다! 산맥에서 3파가 찾아오기 전에 남은 놈들을 처리한다!"

산맥의 주인을 찾아 바람을 가르던 지프는 산맥만큼이
나 흉흉한 마기가 깃든 장소에 도착했다.

"친위대…… 오랜만이군."

최초의 토벌대에 참가해서 참 많이도 애먹었던 마물이
다.

산맥의 마기를 온전히 뒤집어쓴 친위대는 어지간한 마
법사들은 타격도 입히지 못했다.

"한데, 여전히 멍청하구나. 산맥이 아닌 곳에서 네놈들
은 고작해야 모래 인형일 뿐이야!"

지프가 손가락을 튕기자 근위 기사단을 감싸던 장막이
풀렸다.

지상에 낙하한 근위 기사단이 마력을 끌어 올렸다.

"이곳에 친위대가 있다는 건, 근처에 놈이 숨어 있다는
뜻이다! 모조리 쓸어버리고 놈을 찾아라!"

"충!"

지프는 조금의 마력도 끌어 올리지 않았다.

단원들이 친위대와 맞서는 모습을 유의 깊게 살피며 힘
을 보존했다.

'역시, 산맥을 벗어난 친위대는 모래 덩어리에 불과해.'

부기사단장이 지휘할 필요도 없었다.

광역 마법이 연달아 떨어져 내리자 친위대는 허공에서 터지기 일쑤였다.

'한데, 놈은 어디 있지.'

고작 친위대의 마력을 느끼고 이곳까지 온 게 아니다.

상위 마물들의 진격을 페르노크가 맞받아쳤을 때, 일순 열린 틈.

그 사이에서 분명 강렬한 적의를 느꼈다.

'친위대가 있는 곳엔 반드시 그놈이 있어. 한데도 모습을 드러내지 않는 건…….'

고농도 마력을 탑재한 모래 인형들만이 사납게 달라붙을 뿐, 위협이라 부를 만한 요소는 보이지 않았다.

'……탐색전이라도 해 보겠다는 것이냐?'

오래전, 토벌대의 일원이었던 지프는 산맥의 정상을 기억한다.

산맥의 고농도 마력에 마법 발동조차 어려운 상황에서 몰아닥친 친위대들.

간신히 뚫고 올라간 정상에 세워진 울타리 같은 결계.

그 안의 무심한 눈동자와 마주한 순간, 오금이 떨리며 그 자리에서 주저앉을 뻔했다.

아무리 상처를 입었다 해도 괴물이 가진 본질적인 악의는 생전 처음 보는 두려움이었다.

그날의 공포를 딛고 섰기에 마도사에 이를 수 있었다.

상황이 전면전으로 흐르게 된 이상 지프는 그날의 모욕
감을 톡톡히 갚아 줄 생각이었다.

'이곳은 산맥이 아니다.'

마법 발동에 제약이 없다.

'네놈의 친위대도 더 이상은 증식할 수 없지.'

친위대가 무서운 이유는 산맥의 마기를 빨아먹으며 무
한히 증식한다는 점이었다.

하지만 이곳에선 부서지는 즉시 모래가 되어 사라진
다. 소모전을 겁낼 필요가 없었다.

"전방에 다시 친위대가 몰려옵니다!"

그 사실을 산맥의 주인, 카르고라스도 모르지 않을 것
이다.

그런데 페르노크가 상위 마물을 막아 내고 있음에도 여
전히 놈은 보이지 않는다.

지프가 입술을 질근 깨물었다.

'이 정도 존재감으로도 나오지 않는다고? 어지간히 깔
보고 있군. 마물 따위가.'

친위대를 계속 투입시켜서 자신의 마력을 소모시켜 보
겠다면 헛수고다.

"2진 투입."

부기사단장은 단원들을 교대로 투입시켜 마력을 보존
하고 있다.

기사단원들은 왕실에서 고르고 고른 실력자들.

마력 회복 속도가 동급의 마법사들보다 월등하다.

이들은 잠시 숨을 고르기 무섭게 다시 교대해서 마법을 난사했다.

광역 마법이 빗발치자 친위대들은 달려오는 자세 그대로 부서졌다.

모래가루가 바람에 흩날려 지프의 뺨을 스친 순간이었다.

"12구! 덩치가 작은 친위대가 걸어옵니다!"

기사단원들의 목소리도 덩달아 느긋해지기 시작했다. 지금까지 천구에 가까운 친위대가 마법에 쓸려 나갔다.

더 꺼낼 패가 없어서 내보이는 것만 같은 12구의 모습은 전쟁이 싱겁게 막을 내릴 거라는 착각을 불러일으켰다.

"1진이 마무리……."

"화력을 집중시켜!"

지프는 12구를 목격한 순간 긴장감이 치솟았다.

저 안에는 정상에서 맛본 고농도의 마기가 응축되어 있었다.

"마력의 농축도가 지금까지와 다른 놈들이다!"

바람이 칼날처럼 12구의 몸을 난도질했다.

그리고 12구의 팔다리는 떨어지기 무섭게 재생했다.

기사단원들이 뒤늦게 사태를 파악했다.

"저놈들이 진짜다!"

그 사실을 알아챈 건 지프가 유일했다.

언뜻 보기엔 12구와 앞선 친위대들의 마력은 동등해 보였다. 하지만 마력의 압축률이 앞선 것들과 차원이 달랐다.

마도사급이 아니면 이 차이를 인식하지 못할 정도로 자신을 '감추는' 데 능숙한 친위대.

일명, 로열패밀리라 불리는 최강의 12구.

'저것들은 분명 소생도 못 하게 부숴 버렸을 텐데?'

최초의 토벌대가 12구만큼은 확실히 소멸시켰다.

산맥의 주인은 결계에 갇혔다지만 12구는 부숴도 산맥의 마기로 재생하기 때문이다.

12구는 마도사가 경각심을 가질 정도로 위험한 놈들이었다.

각 개체가 인간처럼 우아한 전술을 구사하여 마물을 지휘할 수 있다.

'이놈들이 살아 있었다고? 하지만 허를 찌를 생각이었다면 처음부터 성으로 보내는 편이…….'

지프의 생각은 더 이상 이어지지 못했다.

서걱!

소리가 들리고 나서야 어깨 쪽의 화끈거림을 감지했다.

"단장님!"

기사단원들이 바라본 곳.

친위대의 잔재인 산맥의 모래가 널리 퍼진 곳.

옅게 흩뿌려진 모래에서 꽃이 피듯 시커먼 손날이 솟구쳤다.

지프가 어깨를 감싸고 떨어지자 12구를 향한 마법이 깨끗하게 사라졌다.

키키킥!

웃고 있다.

12구가 마도사를 비웃으며 단원들에게 쏘아졌다.

그 속도는 마치 산맥의 마기를 흡수한 것만큼이나 빨랐다.

"부기사단장님! 마, 마력이 끊깁니다!"

"중독 현상입니다!"

한순간이었다.

친위대가 모래가 쌓이고, 12구가 튀어나오며, 예상치 못한 급습이 지프를 찌른 그 찰나.

눈을 부릅떴을 땐, 이곳엔 이미 지독한 마기가 뒤덮였다.

그것은 마치 고도 9000미터 이상에 들어선 것과 같은 느낌이었다.

지프가 눈을 부릅떴다.

모래 속에서 흘러나온 새까만 점액질은 오래전에 보았던 그 모습을 만들어 나갔다.

"네놈……!"

결계 안에 갇혔을 때와는 상반된 모습.

팔짱을 끼고 우뚝 서서 새빨간 눈으로 지프를 관찰했다.

"너도…… 강한 인간…… 하지만……."

새까만 손날에 얽힌 지프의 피를 핥으며 카르고라스가
입매를 뒤틀었다.

"네가 아니야."

* * *

지프의 등줄기가 오싹해졌다.

'전혀 감지하지 못했어.'

상처가 난 후에야 카르고라스가 나타났다는 것을 깨달
았다.

'어떻게?'

이 일대의 바람은 모두 자신이 조종한다.

마력이나 마기로 몸을 숨긴다 해도 바람에 닿는 순간
포착된다.

'녀석은 모래에 숨어 있었다. 그 모래는 고도 9000미터
이상의 마기를 품고 있고, 친위대를 죽여도 씻기지 않았
다.'

지프가 눈을 부릅떴다.

'설마……!'

모습을 드러내기 전 카르고라스의 마기를 전혀 느끼지
못했다.

모래 위에 서고 나서야 카르고라스 특유의 마기를 느꼈
다.

답은 하나다.

카르고라스는 마기의 파장을 맞출 수 있다.

'마기의 파장에 맞춰 몸을 동일화한다. 저놈은 마기가 존재하는 모든 것에 형체를 숨길 수 있다. 하지만 이게 가능한 일인가? 어떻게 마기에 기생할 수 있단 말이야!'

학회에 저술한다면 발칵 뒤집힐 만한 대형 사건이다.

현재 최고의 마도사라 불리는 라키스 제국의 그 공작도 이런 일은 불가능하다.

하지만 충격도 잠시, 지프는 마력을 넓게 퍼트렸다.

'모습을 드러낸 순간, 네놈이 도망칠 곳은 없다!'

바람이 마력을 머금고 카르고라스의 온몸을 옥죄어 갔다.

카르고라스가 키득 웃더니, 지면을 가볍게 찼다.

콰아앙!

모래가 솟구치며 고도 9000미터 이상의 고농도 마기를 터트렸다.

모래와 맞닿은 대지가 침식되기 시작했다.

'마기 침습!'

이 일대를 산맥과 동일한 환경으로 만들어 버리려는 술수를 포착함과 동시에 손이 빠르게 움직였다.

모래를 씻어 내는 바람과 응축된 칼날이 함께 쇄도했다.

카르고라스가 입을 쩍 벌렸다.

깊이 들이쉬는가 싶더니 몰아치던 바람을 모두 흡수해 버렸다.

"……!?"

일대를 뒤덮던 지프의 마력조차 카르고라스가 삼켜 버렸다.

카르고라스는 그것을 다시 마기로 정제하여 자신의 신체 능력을 끌어 올렸다.

쾅!

눈을 깜빡인 그 앞에 카르고라스가 손톱을 내리그으려 하고 있었다.

바람 장벽으로 막지 않았다면 지프의 몸은 갈가리 찢겨 나갔을 것이다.

'7레벨 육체 강화 마법사를 웃돈다.'

마기 동화.

마력 흡수.

단지, 그것뿐만이 아니다.

이 비정상적인 신체 능력 상승엔 다른 무언가가 더 섞여 있다.

지프의 머릿속에서 경종만 울리던 그 순간.

"컥!"

기사단원들의 숨넘어가는 소리가 들려온다.

카르고라스가 이곳을 고도 9000미터 이상으로 만들어 버린 탓에 단원들이 적응하지 못하고 허덕인다.

반면에 12구의 로열패밀리는 물 만난 고기처럼 이 짙은 압력 속을 헤집고 다닌다.

그들의 몸놀림은 계속 가속되고, 단원들은 무거운 납덩이를 몸에 두른 것처럼 캐스팅 속도가 현저하게 떨어진다.

지프가 지팡이를 크게 휘둘러 일대의 모래를 걷어 내려 했다.

'놈은 이 환경을 만들려고 친위대를 계속 무의미하게 투입시켰다. 이 자욱한 마기의 원인은 친위대의 모래다. 이것만 없애 버리면 상황은 역전된다.'

지프의 판단은 빠르게 이루어졌으나, 카르고라스의 대처도 능숙하게 이루어졌다.

카강!

지팡이에 감싸인 마력을 바람에 실어 날리기 무섭게 흡수해 버렸다.

이 상황에서 지프가 택할 수단이 무엇인지 알고 있다는 듯 카르고라스가 씨익 웃는다.

그 미소가 순식간에 눈앞에 닥쳐왔다.

여전히 잔상만 보일 정도의 속도였다.

'그렇군.'

두 번의 충돌 끝에 지프는 이 괴상한 움직임의 원인을 파악했다.

'이놈은 단순히 마력만 흡수하지 않아. 마력에 깃든 마

법까지 자신의 것으로 만든다.'

하지만 흡수한 마법의 단편적인 부분만 사용한다.

예컨대, 바람을 흡수해서 몸의 가속력을 높이는 형태
정도.

"이 버러지만도 못한 것이!"

그러나 자신의 마법이 카르고라스에게 농락당한다고
생각되자 지프의 노기가 하늘까지 치솟는다.

우우우우우웅!

카르고라스가 처음으로 지프에게서 떨어졌다.

지프의 강대한 마력이 극도로 압축되어 바람을 갑옷처
럼 몸에 둘렀다.

끊임없이 순환하는 바람은 흡수하는 순간 소화되지 않
고 내장을 갈가리 찢어 버릴 것 같았다.

콰아아아아앙!

전방으로 응축된 바람이 쏟아졌다.

그것은 작은 구슬 속에 담긴 폭풍 같아서 카르고라스는
감히 손대지 못하고 피하는 것에 전념했다.

지프의 지팡이 끝이 흔들렸다.

폭풍이 사방에서 터지며 모래를 휘감았다.

'이대로 날려 버린다.'

카르고라스가 고도로 압축된 마력에 대응하지 못하는
사실을 확인했다.

산맥 같은 환경의 이곳만 정리한다면 카르고라스는 아

주 쉽게 정리할 수 있을 거라고 판단했다.

그리고 그것은 지프의 안일한 생각이었다.

"……!"

지프의 지팡이가 휘청거렸다.

날려 버려야 할 모래가 바람에 달라붙어 떨어지지 않는다.

'이건…….'

마력 장악.

놀랍게도 카르고라스는 고농도의 마기로 응축된 마력을 집어삼키려 하고 있었다.

'어디서 이런 걸 배운 거지?'

경악할 만한 상황은 연이어 터져 나왔다.

콰쾅!

카르고라스가 지프의 바람 갑옷을 두들기기 시작했다.

"네가…… 아니야……."

카르고라스의 손발은 잘려 나가지 않는다.

어느새 지프와 유사한 바람을 손발에 두르고 있었다.

카르고라스는 지프가 응축시킨 바람과 마력을 마기로 뒤덮은 동시에 조금씩 흡수했다.

동시에 그것을 자신의 몸으로 끌어당겼다.

직접 흡수하지 않았음에도 마기를 이용해 마력을 장악하고 힘을 삼키는 방식은 지프조차 생전 처음 보는 기행이었다.

"그래도……."

서걱!

뺨에 화끈거리는 감촉이 느껴지자마자 지프가 갑옷의 회전력을 높여 카르고라스를 떨어뜨렸다.

카르고라스가 손날에 맺힌 지프의 피를 핥아 먹으며 씨익 웃었다.

"……맛있네."

그때, 지프는 이루 말할 수 없는 감정에 휩싸였다.

마도사가 되고 왕궁에서 권력을 자랑하던 자신이 한 번도 느껴 보지 못한 오래된 감정.

죽음이라는 공포.

한 줄기 경고가 그의 오만을 뒤흔들어 버린 순간.

콰아아아아아–!

지프가 칼날의 폭풍을 전방으로 폭사했다.

카르고라스는 바람의 형태가 잘 보인다는 듯 미세한 틈을 찾아 가볍게 회피했다.

동시에 바람과 마력을 마기로 뒤덮어 흡수하려 했다.

"……?"

이번엔 끌어당겨지지 않았다.

지프가 카르고라스를 마도사 수준으로 규정하며 마력 장악 싸움에 총력을 기울였던 것이다.

키득.

카르고라스가 어디 해 보라는 듯 육탄전에 돌입했다.

마력 장악으로 상대의 특수 능력 발동을 저하시키며 접

근전까지 펼친다.

세 가지 이상 기술이 동시에 펼쳐졌지만, 지프와 카르고라스는 한 치의 오차도 없이 모든 기술을 완벽하게 구사했다.

쉐에에엑!

카르고라스의 후방으로 빠져나갔던 바람이 되돌아왔다.

전면과 후방에서 바람이 압박을 가하지만 카르고라스는 기괴한 움직임으로 모두 흘려 버리며 전진했다.

눈 깜짝할 사이, 카르고라스의 새까만 손톱이 지프의 정수리를 내리찍으려 했다.

그 순간 지프 앞에 회오리가 용솟음쳤다.

빗겨나간 바람까지 한데 모아 거친 회전을 일으켰다.

카르고라스를 사지로 몰아넣을 덫이라고 생각했지만.

콰앙─!

카르고라스의 손톱이 바람을 찢으며 지프를 지팡이째 날려 버렸다.

지프가 바람을 쿠션 삼아 착지하며 입가에 흐르는 피를 닦았다.

웬만한 강화 계열 마법사라도 회오리에 갇힌 순간 바람에 찢겨 나간다.

하지만 카르고라스는 아무런 상처 없이 바람을 제집처럼 드나들었다.

'몸에 두른 마력이 갈수록 응축되고 있어.'

왕실기사단도 12구의 친위대와 일진일퇴를 거듭하며 한 명씩 치열한 대치를 벌이는 상황.

'하지만.'

지프가 손바닥을 활짝 펼쳤다.

'간과했구나, 애송이.'

카르고라스와 맞부딪치며 곳곳에 바람을 트랩처럼 설치해 놨다.

그것을 일제히 터트리자 이곳의 모래가 모조리 사방으로 터져 나갔다.

고도 9000미터에 이르는 것과 같은 압박감이 사라졌다.

지프가 입가에 흐르는 피를 손등으로 닦으며 일어났다.

우우우웅!

그의 마력은 아직도 넘쳐흐른다.

"몰아붙여!"

기사단도 마력 중독에서 벗어나 12구를 향한 폭격을 재개한다.

"……."

카르고라스는 멍하니 주위를 둘러보고 있었다.

지프가 칼날 바람을 세 개 날렸다.

카르고라스는 그중 두 개를 흡수하고 하나에 팔이 베였다.

'마기가 없어지니, 흡수력도 현저히 떨어지는군.'

지프는 12구의 로열패밀리도 염두에 두었다.

그곳에 들어 있는 농축된 마기가 모래에 스며들기라도

한다면 이 상황은 얼마든지 역전될 수 있다.

로열패밀리가 죽는 즉시 휘날려 버릴 요량으로 새로운 바람을 준비한 그때였다.

"킥킥."

아이처럼 웃기 시작한 카르고라스에게서 흉흉한 마기가 흘러나왔다.

그것이 떨어진 팔을 한 줌 물로 녹여 땅에 스며들게 하였다.

서걱!

지프의 바람이 카르고라스를 무자비하게 난도질한다.

"크크큭!"

몸이 조각난 파편처럼 된 상황에서도 목만 남은 카르고라스는 웃었다.

'가공할 생존력.'

하지만 목을 제외한 나머지를 모두 날려 버렸다.

카르고라스는 예전처럼 끝도 없는 세월을 결계에 갇혀 지낼 것이다.

'아무리 위험해도 놈은 결국 마물이야. 다지고 으깨서 다시 처넣으면 그만이지.'

왕국의 명을 수행하기 위해 카르고라스의 머리를 집어 올리려던 그때였다.

쿠그그그그긍!

산맥이 화산이라도 분출하는 것처럼 거세게 흔들리기

시작했다.

급속도로 팽창하는 마기에 지프가 식은땀을 흘리자, 카르고라스는 외쳤다.

"맞아. 어렵게 생각할 필요가 없어."

이윽고 산맥 정상에서 수많은 흙덩이가 분출되었다.

그것은 지상에 내려오지 않고 먹구름에 스며들었다.

구름이 밤처럼 새까맣게 변하자 사방은 빛 한 점 드리우지 않았다.

떨어져 내리는 것은 오직 비.

산맥의 흙을 품은 녹진한 비였다.

뚝. 뚜두둑!

성까지 모두 뒤덮은 구름에서 내린 비가 폭우처럼 쏟아진다.

빗방울이 몸에 닿자 지프는 피부가 따가워졌다.

"너희들이 날 인간에게 유리한 곳으로 끌어냈잖아."

이 빗방울에 고농도 마기가 섞여 있었다.

"너희들의 고향으로 데려왔으니 나도……."

카르고라스가 씨익 웃었다.

"……이곳을 나의 고향으로 바꾼다."

폭우는 좀처럼 그칠 기미를 보이지 않고 한 줌의 바람마저 허락하지 않았다.

삽시간에 전장과 성을 모두 휘감은 비는 토양을 검게 물들이고, 인간의 힘으론 도저히 어쩌지 못할 새로운 자연을 만들어 냈다.

이곳으로 마물을 데려온 것은 인간이었으나.

온화한 대지는 재해 앞에 새로운 지형으로 탈바꿈되니.

이곳은 더 이상 인간들의 안식처가 아니다.

산맥의 토양이 비처럼 굳어져 침식된 지역이다.

뚜두두두둑!

재해 앞에 마도사의 바람은 모두 씻겨 나가고.

빗물이 모여 카르고라스의 육체로 완성되니.

천지를 산맥으로 만든 카르고라스가 환하게 웃으며 외쳤다.

[깨어나라.]

학습은 인간만의 전유물이 아니다.

                    * * *

리오가 보급 물자를 정비하고 있을 때였다.

뚝…… 뚜두둑……

하늘에서 때아닌 비가 쏟아지기 시작했다.

"물자가 젖지 않도록 천막에 옮겨 두세요."

"예!"

산맥에서 3파가 내려오기 전에 보급 부대를 전장에 투

입시켜야 한다.

그런데 갑자기 폭우라니.

구정물처럼 탁한 비를 보니 전장에 투입할 보급이 골치 아파진다.

지면이 흙탕물처럼 질척인다면 마차로 운송하기란 불가능할 터.

"할람……."

리오가 마법사들과 대책 회의를 하려고 고개를 돌린 순간이었다.

"으윽."

"우웨엑."

몇몇 사람들이 토악질을 해 대며 바닥에 무릎 꿇기 시작했다.

그들은 모두 3레벨 이하의 마법사들이었다.

반면에 가드들과 일꾼들은 아무렇지 않은 표정으로 서 있었다.

리오가 그 차이를 눈여겨보고 있을 때, 할람이 급하게 달려왔다.

"참모! 마기요! 지독한 마기가 성을 뒤덮고 있소!"

"마기?"

"이 빗물이 모두 고농도 마기요! 분명 고도 8000미터 이상에서나 볼 법한 마기가 왜……!"

그 순간, 리오가 눈을 부릅떴다.

그의 시선이 마물 소재 공방으로 향했다.

페르노크가 보름 전 담아 온 마물 소재들이 전쟁 준비로 가공되지 않은 채 안에 담겨 있었다.

그리고 그곳으로 빗물이 흘러 들어가 진흙처럼 휘감긴 순간.

콰아아앙!

철문을 부수며 그 마물들은 튀어나왔다.

"저…… 저건……."

완벽하게 수복되지 않은 몸통과 팔.

하지만 마기를 담은 빗물이 마물 소재를 휘감고 마물들의 재생을 촉진한다.

"라폭시?"

당황한 할람의 목소리가 빗물에 삼켜진다.

이윽고 성에 쏟아지는 빗물이 건물의 자그마한 틈새를 파고들어 마기를 전파하니.

콰콰콰콰쾅!

사방에서 폭음이 울려 퍼진다.

용병들이 사냥했던 마물들이 쏘아 올리는 부활의 신호였다.

* * *

성벽에 중, 하급 마물들이 달라붙기 시작했다.

보든이 마력포로 마물 한복판을 노리며 외쳤다.

"기름을 붓고, 불을 붙여 마물이 올라오지 못하도록 막아라! 기사단은 중급 마물을 집중적으로 노리도록!"

보든은 젊은 시절 평야에서 군대를 지휘한 경험이 있다.

수성전은 처음이었지만, 마물의 단순한 움직임을 읽고 적절히 병력을 분배해서 위험을 차단했다.

'상위 마물은…….'

저 멀리 상위 마물들의 비명이 울려 퍼진다.

페르노크가 압도적인 위용으로 상위 마물을 쓰러뜨리고 있었다.

"2진!"

용병 협회의 마법사들이 물러나고 성의 마법사들이 마력포에 자리했다.

"발포!"

포격이 섬광처럼 적들 한복판에 빗발쳤다.

성벽에 달라붙는 마물의 숫자가 눈에 띄게 줄어들었다.

마지막까지 전황을 주시하던 보든이 검을 지팡이 삼아 몸을 지탱하며 안도의 한숨을 내쉬었다.

'아무리 마물이라지만 이 정도의 파상공세는 생각지도 못했어.'

매번 용병들이 마물을 잡아 오는 모습만 지켜봤었다.

중, 하급이라고 만만히 보았는데, 규모가 수천 단위를 넘어서게 되면 그 자체로 재앙이다.

'다행이군.'

상위 마물을 페르노크가 막아 준 덕분에 성은 피해 없이 마물의 공세를 막아 냈다.

"백작님. 중급 마물의 소탕을 완료했습니다."

"고생했네. 단원들을 쉬게 하고 여력이 있는 자들은 네임드 보급대에 편성해서 페르노크 길드장을 지원토록 하게."

"충!"

단장이 단원들을 소집하고 나서야 보든은 미소 지을 수 있었다.

'이제 보급만 무사히 들어가면……'

네임드가 상위 마물을 완전히 섬멸시키고 기세를 몰아 산맥의 주인까지 토벌할 수 있다.

처음부터 페르노크가 큰 부담을 지는 전략이었지만 결국 승리로 마무리되었다.

'마력포를 냉각시키고 다시 재충전해서 정비하면 열 발정도는 더 쏠 수 있겠지. 성내의 남은 마법사들을 리오 쪽에 붙여서 전장을 마무리 짓는 것도 나쁘지 않겠어.'

보든이 웃으며 소리치던 순간이었다.

"마력포를 냉각……!"

뚝…… 뚜두둑……!

하늘에서 소리마저 삼켜 버릴 매서운 폭우가 쏟아져 내렸다.

"비?"

마물의 산맥은 비가 내리지 않기로 유명했다.

이곳에서 잔뼈 굵은 발투스도 장마철에나 볼 법한 비가 몰아치자 의아한 표정을 감추지 못했다.

보든이 밖으로 손을 내밀어 빗물을 손바닥에 담았다.

끈적거리면서 토사가 섞인 새까만 물방울.

그 안에 담긴 흉흉한 마기를 느낀 순간 보든은 황급히 외쳤다.

"마력포를 가려! 한 방울도 침투되어선 안 된다!"

하지만 소리친 그곳에 마법사들은 널브러져 있었다.

마력포를 가동시키기 위한 저레벨 마법사들.

대부분 마력포로 마력이 소모되어 회복을 기다리던 그들은 고농도 마기에 침투되자 중독 증상에 시달렸다.

한순간에 벌어진 일.

하지만 최악은 그때부터 시작되었다.

콰아아아앙!

성내에서 폭음이 울려 퍼졌다.

단장이 바로 달려왔다.

"백작님! 상위 마물의 기척이 성내에서 느껴집니다!"

"알고 있네! 대체 뭔가! 이 비는 뭐고, 왜 도처에서 마물들이……."

성벽 너머로 시선을 돌린 보든이 딱딱하게 굳었다.

빗물이 스며든 대지가 새까맣게 물들자 그곳에서 중,

하급 마물들이 재생성되었다.

"정상입니다. 정상의 고농도 마기가 구름을 타고 빗물에 스며들어 이 지역을 감싸고 있습니다!"

보든이 성벽을 걷어찼다.

"이 빌어먹을 마물 새끼들이!"

이것이 주인의 작품임을 어렵지 않게 짐작했다.

삽시간에 성 내외가 포위당했다.

마력포를 움직일 마법사들은 널브러져 있고, 기사단도 고농도의 마기에 마력 발동이 소극적일 수밖에 없다.

차라리 성의 상황만 악화되었다면 전방의 페르노크를 불러들였을지 모른다.

하지만 그곳도 상황이 좋지 않긴 마찬가지다.

무려 정상의 마기가 지형을 오염시켰다.

상위 마물들도 부활할 수밖에 없다.

결국, 네임드는 적진 한복판에서 발목을 붙잡혔다.

눈앞이 어두워져 가는 것만 같은 그때였다.

"성벽도 상황이 좋진 않군요."

리오가 성루에 걸어 올라왔다.

"성 아래도 무슨 일이 생겼나?"

"그것 때문에 급히 의논드릴 일이 있습니다."

리오가 작은 뿔을 보든 앞에 던졌다.

"이 빗물에 닿은 마물 소재들이 재생을 시작하고 있습니다."

"뭐, 뭐?"

"생각지도 못했습니다. 설마 용병들이 죽였던 마물 소재가 마물 재생 용도로 활용될 줄은요."

"잠깐, 그럼 이 성엔 지금……!"

"예. 용병들이 토벌한 고위험군의 마물 소재들이 창고에 잠들어 있습니다. 아니, 이젠 깨어나겠군요. 성내도 마기가 진동하니까요."

일부를 왕궁에 진상하기 때문에 상위 마물의 소재는 성에서도 세심하게 체크한다.

보든은 이곳에 최소 10개 이상의 상위 마물 소재가 있음을 떠올리며 지끈거리는 이마에 손을 얹었다.

"다행스럽게도 상위 마물들은 재생 속도가 더딥니다. 원체 그릇이 큰 놈들이라, 다시 그만큼의 크기를 만들기 위해선 시간이 필요하죠. 저흰 재생하는 틈을 노렸고 한 마리를 격퇴했습니다. 직후, 빗물이 닿지 않는 곳에 소재를 숨겨 두었더니 재생하지 않았죠."

"……!"

"예. 그렇게 절망적이진 않습니다. 소재가 완전한 상위 마물로 거듭나기 전에 죽이고 빗물에 닿지 않도록 꼼꼼히 보관해 두면 성내 상황은 진정된다는 거죠."

리오가 성 밖을 힐끗 살폈다.

"대략 10분. 중, 하급 마물들은 그 정도면 부활이 끝날 겁니다. 10분 안에 태세를 정비하고 다시 수성에 임하시죠."

"상황이 여의치 않네."

성벽을 둘러보던 리오가 주저앉은 저레벨 마법사들을 보곤 침음을 흘렸다.

"마력 중독……."

"저 총공세를 다시 막자면 사방에 지휘관을 보내야 하네. 성내의 상위 마물들을 소탕할 만한 경험을 가진 자도 없어."

"저희 쪽에 할람 부길드장이 있습니다. 하지만 두 곳을 틀어막아야 해서 지휘관이 한 명 더 필요한데……."

머리를 긁적이던 리오가 쓰게 입맛을 다시며 물었다.

"저를 믿으십니까?"

"응?"

"아, 백작님을 이곳으로 모신 게 저 아닙니까."

"그, 그렇지."

"그러니 기사단 전부를 저에게 맡겨 주십시오."

"뭐?"

"성내를 수습하고 바로 성벽에 올려 보내 드리겠습니다."

"아니, 기사단이 빠지면 누가 성벽을 수호해!"

"저희 길드 3레벨 이하 마법사들은 할람 부길드장의 지휘 아래 마력 중독 현상을 겪지 않았습니다. 애초에 보급대라 이곳에서 마력 쓸 일이 없기도 했고요. 쌩쌩한 사람들을 마력포에 배치시키십시오."

"보급대랑 기사단을 교체한다고?"

"수성에 필요한 핵심은 마력포지 않습니까. 성내에 상위 마물이 부활해서 날뛰면 그땐 끝입니다. 성내부터 수습해야 한다고요."

보든이 입을 벙긋거렸다.

리오는 수수께끼 같은 사람이었지만 결국 그의 조언을 들어서 손해 본 경험은 단 한 번도 없었다.

"병법을 배웠나?"

"병법은 성벽 수호에나 쓰는 거고, 성내엔 사냥법이 필요합니다. 길드장님 어깨너머로 본 게 있으니 걱정 마세요."

"으음……."

"다른 성의 원군이 도착할 때까진 시간이 필요합니다. 그 전에 성이 함락되면 원군이고 뭐고 의미가 없어요."

일주일 전에 인접한 성에 원군을 요청했었다.

'하루만 버티면 된다. 하루만.'

보든이 깊은숨을 내쉬며 단장에게 말했다.

"리오를 따라가게."

"예."

단장은 군말 없이 지시를 따랐다.

보통이라면 리오의 신분을 보고 굴욕적인 표정을 지었겠지만, 단장은 확실히 알고 있다.

제이크를 죽인 후부터 보든이 이 성에 자리 잡기까지

리오의 역할이 얼마나 막중했는지.

페르노크 다음으로 두려운 존재가 있다면 그건 리오였다.

"포를 재배치한다!"

보든이 마력 중독자들을 안으로 들이고, 네임드의 보급대를 마력포에 배치시켰다.

리오는 할람과 기사 단장을 양쪽으로 나눴다.

"상황이 급박해 보이지만 의외로 단순합니다. 시간 싸움이죠."

리오가 성 내 지도를 꺼내 들었다.

마력 소재 가공처를 동그랗게 체크한 뒤에 숫자를 적었다.

"이 순서대로 움직이세요. 할람 부길드장이 동쪽, 기사 단장님이 서쪽에서 이 중앙까지 조여 오는 겁니다."

"재생 순서인가?"

단장의 물음에 리오가 고개를 끄덕였다.

"예. 가공이 어느 정도로 진행되었느냐에 따라 상위 마물의 부활 시간도 차이가 있습니다."

"확실한가?"

"첫 조우 때, 덩어리로 가공된 소재와 원형을 유지한 소재에서 기포가 차이를 두고 발생하는 것을 목격했습니다."

단장이 고개를 끄덕였다.

"얼마나 부수고 으깼는지에 따라 재생 속도가 다르다,

확실히 인식했다."

"지금 지도에서 표기된 숫자는 가공된 소재와 그렇지 않은 소재가 보관된 창고를 뜻하죠. 상황이 여의치 않을 경우, 방금 말한 점들을 유의해서 유기적으로 움직이도록 하세요."

"그럼 중앙은?"

"거기까지 커버하기엔 시간이 부족합니다. 양쪽 마물을 처리해서 중앙에 합류한 뒤, 온전히 부활한 상위 마물을 소탕한다고 생각하세요."

"확실히…… 성벽에 기사단이 있었다면 생각지도 못했을 사냥법이로군."

"저 위에서 상황을 주시하고 있겠습니다. 변화가 발생한다면 바로 나팔을 불고 깃발을 올릴 테니 모쪼록 전력 누수되지 않도록 무모한 행동은 삼가해 주세요."

"명심하지."

단장이 단원들을 이끌고 서쪽으로 향했다.

할람이 조심스럽게 물었다.

"이곳에 모든 병력을 배치해 버리면 저 보급은 어떻게 합니까?"

"우리가 써야죠."

"네?"

"성 밖은 지금 부활한 마물 천지입니다. 게다가, 산맥의 상황으로 보면 3파가 내려올 가능성이 높고요. 여기서 보급대를 보내 봐야 200미터쯤에서 잡아먹히겠네요."

"그럼 길드장님은 어떻게 합니까!"

"모릅니다. 이미 제 손을 떠난 상황이에요."

"아니…….”

"그래도 한 가지 확실한 건."

리오가 싱긋 웃었다.

"페르노크 님은 지금 이 상황을 심각하게 여기지 않을 겁니다."

* * *

"이 씨발! 이게 뭐야!"

자드의 경악 어린 목소리가 전장에 울려 퍼졌다.

때아닌 폭우가 쏟아지고 몇몇 길드원들이 탈진해서 쓰러졌다.

심지어 자드의 불꽃 마법은 빗물에 증발되었다.

차라리 그뿐이면 다행이다.

어렵게 죽여 놓은 상위 마물들이 눈앞에서 재생하기 시작했다.

콰득!

상위 마물의 사체를 짓밟으며 페르노크가 하늘을 보았다.

먹구름에서 떨어지는 빗방울은 분명 산맥 정상의 지독한 마기를 품고 있다.

'그놈의 소행인가.'

관찰안으로 산맥과 지상에 불규칙적인 흐름이 연결되어가고 있음을 파악했다.

'마도사 놈, 그리 자만하더니 주인의 발목도 붙잡지 못하고 성까지 위험에 빠트려?'

마기가 이 정도로 농축되어 있다면 한 번 죽은 것들의 사체들도 부활하여 생전의 위용을 뽐낼 것이다.

'이 비가 그치지 않는 한, 무의미한 소모전을 반복해야 해.'

페르노크가 산맥의 특정한 부분들을 살폈다.

'외부에서 이어진 연결은 저곳을 타고 산맥의 마기를 폭등시켜 터트린다. 저곳들만 막으면 이 비를 그치게 할 수 있어. 하지만.'

산맥에서 새로운 마물들이 내려오기 시작한다.

성 내외는 이미 포위당했고 병력을 나눌 여유는 없다.

페르노크가 이곳으로 달려온 중급 마물을 터트렸다.

방금 전 죽인 녀석을 재차 죽였지만 새로운 혼이 피어오른다.

새까만 혼을 정제하여 씹어 삼키며 페르노크가 전황을 주시했다.

[장군! 성이 포위당했습니다! 버리셔야 합니다!]

생전의 목소리가 머릿속에 메아리친다.

그때는 절망적인 상황을 외면하고 도망쳐야 했다.

하지만 지금은 다르다.

"너희는 지금부터 수성전에 임해라."

"……!"

"상위 마물이 가거든 성벽에서 대처해."

"그게 무슨 말이야!"

엔리가 반발하듯 소리치자 페르노크가 대수롭지 않다는 듯 말했다.

"게다가 성 내에 상위 마물들이 풀려나고 있다. 너희들을 보내지 않으면 성은 함락돼. 그렇다고 이 비를 용납할 순 없어."

"그래서 길드장 혼자 저길 올라가겠단 말이야?"

"달리 방도가 없지 않나."

"올라가면 방법은 있고?"

산맥의 특정한 몇 포인트가 눈에 띈다.

저곳을 막으면 이 비를 그치게 할 수 있다.

페르노크가 고개를 끄덕였다.

"그럼 함께 가!"

"이 중에서 정상을 밟아 본 사람이 나 말고 누가 있지?"

"그래도 혼자 가면 죽어! 산맥에선 계속 마물이 내려온단 말이야!"

"지금 길드원들이 지친 상태에서 나를 도와 무엇을 할 수 있지?"

냉정한 말에 엔리가 입만 벙긋거렸다.

"보급도 받지 못하는 이 상황에서 의욕만으로 길드원들을 사지로 데려갈 순 없다. 한 명의 전력도 허투루 써선 안 된다. 지금은 각자 할 수 있는 최선만 떠올려라."

페르노크가 아티펙트를 글러브 형태로 다듬었다.

"외곽을 치고 있는 라무트도 함께 데려가. 비가 그치고, 성이 안전해지거든 보급을 받고서 내 쪽으로 합류해."

길드원들은 지쳐 있다.

한순간에 적진 한복판이 되어 버린 사지에서 보급 없이 계속 전투를 이어 나갈 순 없다.

차라리 성으로 돌아가 재정비하고 돌아오는 편이 페르노크의 부담을 줄여주는 길이다.

엔리도 더 이상 오기를 부리진 못했다.

그녀를 포함한 모두가 느끼고 있다.

지상과 산맥 어느 곳에도 인간이 숨 쉴 곳은 없으며, 마법을 남발하는 순간 마력 중독에 시달려 그대로 죽을 거라는 사실을.

유일한 예외가 있다면 정상까지 호흡 하나 안 흐트러뜨리고 달려 나간 페르노크뿐이다.

"비가 그치는 것을 신호로 삼겠습니다. 일을 마무리 지으시면 적당한 동굴에 피신하시고, 저희에게 신호를 보내 주십시오. 바로 달려오겠습니다."

"한 명의 낙오자도 없이 성으로 귀환하도록."

"예, 길드장님."

살리오가 뒤를 돌아 외쳤다.

"무기를 제외한 금속은 모두 벗고 성으로 돌아간다!"

토사 섞인 빗물이 쏟아진다.

갑옷은 몸을 짓누르는 족쇄와 다름없었다.

길드원들이 무기 하나만 움켜쥔 채 살리오를 따라 성으로 회군했다.

"자살할 생각이면 내 손에 죽을 줄 알아!"

엔리가 페르노크 혼자 두고 가는 게 분한 듯 다급하게 외쳤다.

페르노크는 피식 웃으며 절반가량 재생된 상위 마물의 시체를 다시 부쉈다.

전쟁은 한 치의 오차도 없는 판단이 승패를 가로지르는 곳.

마물들에게 유리한 전장은 오히려 페르노크를 위한 지형이 될 수도 있다.

'내 방식을 따라 했단 말이지.'

자신에게 유리한 지형으로 끌어내리려는 페르노크를 떠올리며, 지형 그 자체를 바꿔 버린 카르고라스는 법칙을 다루는 마도사와 비견되기에 손색이 없다.

하지만 카르고라스 또한 예상하지 못한 변수, 영법―천명이 존재한다.

천명으로 죽인 자의 영력과 마력을 섭취하는 페르노크

에게 무한히 양식이 재생되는 이 땅은 생명력이 넘쳐흐
르는 대지와 다를 바가 없다.

마물의 재생 속도가 페르노크의 흡수력을 웃돌지.

페르노크가 마물의 영력과 마력을 씹어 먹는 속도가 더
빠를지.

승부처는 이곳이다.

페르노크가 상위 마물을 가르며 산맥으로 돌입했다.

* * *

쿵쿵쿵!

산에서 3번째 물결이 밀어닥친다.

"크아아악!"

눈을 뜨고 보기 참혹할 정도의 흉악한 마물들이 유일한
생명체에게 달려들었다.

페르노크의 몸이 새까만 물결에 뒤덮인 순간.

콰앙!

아껴 왔던 마법이 기둥처럼 솟구친다.

화려한 불꽃이 하늘까지 기세를 뻗어가며 지상으로 향
하던 마물의 발길을 붙잡는다.

'마법의 잔량은 고작해야 10개.'

네임드를 탄생시킨 이후 페르노크는 인간 마법사를 죽
이지 못했다.

그를 덮쳐오는 위협이 없었거니와 산맥에서 마물만 사냥했기 때문이다.

하여, 한정된 그릇에 마력만 가득 채워지고 마력강체술이 향상되는 정도에 그쳤다.

지금 그가 가진 마법들은 몇 년 전에 죽인 마법사들의 잔재다.

'주인을 상대하기 위해선 마법을 아껴야 한다.'

페르노크가 전면에 오버 임팩트를 터트렸다.

손목이 시큰거릴 정도의 위력이었지만 한순간 구멍을 뚫어 버린 정도에 불과했다.

마물은 언제 자리를 비웠냐는 듯 새롭게 밀려들었다.

돌멩이를 던져 봐야 그대로 가라앉을 뿐인 대해와 마주하는 기분이었다.

'역시, 지친 길드원들은 산맥 초입에 발도 못 디뎠겠군.'

산 아래에 잠든 마기가 본격적으로 폭등하기 시작한다.

지독한 마기에 휩싸인 이곳은 초입임에도 불구하고 고도 5000미터의 농도와 맞먹었다.

100미터씩 전진할 때마다 농도와 압력은 몇 배로 상승해서 페르노크를 짓누른다.

고도 2000미터에 이른다면 6레벨 마법사도 마법을 남발하기 힘든 환경과 직면하게 될 것이다.

페르노크가 원하는 포인트는 그곳에 있다.

'총 일곱 군데를 막아야 해.'

주인의 마기로 짐작되는 힘이 외부에서 산맥으로 파고
들 때, 7개의 지점에서 특이한 현상이 발생했다.

관찰안을 소유한 페르노크이기에 목격한 인위적인 마
기의 뒤틀림.

'그것만 차단하면 정상은 평온해지고 이 비도 그친다.'

산맥의 마기가 7지점의 영향을 받아 급속도로 상승하
기 시작한다.

눈 깜빡할 사이 마기의 농도는 최소 2배 이상 올라갔다.

점점 인간이 호흡조차 불가능한 위험 지역으로 변한다.

'자연과 겨루는 기분이군.'

까마득하게 밀려오는 마물의 공세에서 문득, 생전의 절
망적인 상황이 겹쳐 보인다.

[자, 장군! 하늘이 노하고 있습니다!]

다른 누구도 아닌 본인의 기억.

결코 잊지 못할 과거의 미련 속.

지독했던 일주일의 사투.

[불입니다! 불이 비처럼 떨어져 내립니다!]

어째서 이 순간 수하들이 비명횡사했던 그날을 떠올린
걸까.

죽기 전의 주마등이 이런 의미일까.

'고작 이 정도의 잡것들이 나의 과거와 비견될 만한 위험인가.'

나약한 육체가 무한하게 밀려드는 마물 앞에 전율했기 때문인지도 모른다.

그리운 향수와 잊지 못할 전장이 기억과 현실을 오가며 페르노크의 머리를 뒤흔들었다.

'아니, 어설프다. 우습고, 하찮다!'

두 번째 오버 임팩트를 터트리며 페르노크는 매섭게 돌파했다.

키득.

도처에서 페르노크를 비웃는 듯한 웃음소리가 들려온다.

어떤 마물인지, 지상에서 올라온 상위 종류인지 헤아릴 수 없다.

고민하고 싶지도 않다.

그걸 파악할 여유도 시간도 부족하다.

쾅!

첫 번째 지점을 파괴하자, 팔이 깨질 듯한 통증이 느껴졌다.

글러브로 변환한 아티펙트를 두르고 있었음에도 충격을 모두 흡수하지 못했다.

마치 쇳덩이를 두드리는 것만 같았고, 포인트를 파괴하

면 오히려 고여 있는 마기가 폭사하여 페르노크를 뒤덮
었다.

카아아앙!

기회를 엿본 마물의 정수리를 으깨며 페르노크가 뒤로
물러났다.

첫 번째 포인트는 완전히 부서졌다.

다른 6개의 포인트에서 순환하는 마기의 흐름이 보다
가속화되었다.

'하나를 부수면 다른 여러 개에 부담이 가중되는 구조.'

다른 마기와 연동되어 과열시키는 방식이다.

부유하는 성의 라이오닉 코어에 이런 방식을 도입했다
간, 순간적인 출력은 높아질지 몰라도 결국 코어가 과부
하를 견디지 못하고 부서진다.

하지만 이곳은 산맥이다.

자연은 마기의 흐름을 보다 능동적인 모습으로 변화시
켰다.

바로 지금처럼.

크그그그긍!

페르노크가 서 있는 자리가 무너지기 시작했다.

놀랍게도 산맥은 마기가 부서진 자리를 버리고, 남은
지역을 더욱 단단하게 굳힌다.

'고도 6000미터급.'

마기가 집중된 여섯 포인트는 고도 6000미터 이상의

지독한 농도로 변한다.

'포인트를 부숴 버릴수록 농도는 상상도 못 할 만큼 불어나게 될 거다.'

하나를 부수면 다른 하나에 부담이 가중된다.

결국 최후의 포인트는 마력강체술조차 버티지 못할 압력을 터트리고 말 것이다.

[불이 바람을 타고 기둥처럼 솟구칩니다! 벼, 병사들이…….]

하지만 그게 어쨌단 말인가.

그토록 뻔한 술수를 눈앞에 두고 물러난다면 지금 이 상황이 나아지기라도 한단 말인가.

[뚫어라.]

부숴라.

[불과 바람도 우리의 칼과 방패를 녹이진 못한다.]

무엇을 위해 단련해 온 육체인가.

언제까지 육체의 붕괴를 두려워하며 한계 이하에서 겉돌기만 할 것인가.

[구원은 저곳에 있다!]

과거의 자신이라면 결코 물러서지 않았다.

칼 한 자루 쥐고 사지에서 퇴로를 만들지언정 승리의 갈림길에서 홀로 도망치지 않았다.

'이 육체가 부서질 것을 두려워하고 있었나.'

다신 부활할 수 없을지도 모른다는 우려.

무의식중에 자리 잡은 간절한 미련이 이쯤에서 그만두자며 페르노크를 유혹한다.

세 번째 오버 임팩트를 사용했다.

마물을 죽이며 마력과 영력을 흡수한다지만 육체의 떨림이 진해질 수밖에 없다.

페르노크는 육체의 과부하를 무시하고 연달아 오버 임팩트를 터트렸다.

글러브 위로 실핏줄이 터져 나갔지만 아랑곳하지 않았다.

'전장에 타협은 없다.'

세력을 일구며 아주 단순한 논리를 잊고 있었다.

현실의 달콤함에 찌들어 과거의 용맹은 병들어 갔다.

무엇을 두려워하고 망설였단 말인가.

'어디에도 물러설 곳은 없다.'

이 정도 위협은 예상하고 환생했을진대, 어찌 적당히 만족하고 물러선단 말인가.

'삶도 죽음도 이젠 막다른 곳이다.'

페르노크가 다시 마물의 진군을 가로질렀다.

몸이 비명을 지를 때마다 마력을 더욱 깊이 불어넣었다.

'이젠.'

[진군하라!]

'돌파뿐이다.'

페르노크가 두 번째 포인트를 깨부쉈다.

폭등한 마기가 한계에 다다른 육신을 두드린다.

역한 무언가가 속에서 솟구치지만 페르노크는 마력을 꾹 눌러 담으며 다음 포인트로 향했다.

마기가 켜켜이 쌓여 농도는 고도 8000미터급에 이르렀다.

깊지 않은 구간이었음에도 상위 마물급의 마기를 품은 마물들이 생성되기 시작했다.

그리고 지상에서 페르노크와 손을 섞었던 상위 마물들이 어느새 뒤를 바짝 쫓았다.

그것들이 한데 모인 순간, 페르노크는 영법을 터트렸다.

콰아아아아앙!

한 줄기 새하얀 뇌전이 세 번째 포인트를 터트렸다.

그도 모자라 산맥의 흐름에 깊숙이 개입하여 네, 다섯 번째 포인트까지 휩쓸었다.

"카아아아아악!"

도처에서 발광하는 소리가 울려 퍼졌다.

산맥의 의지가 페르노크를 막아선다.

폭등하는 마기를 결코 막지 못할 거라며 고도 9000미터에 이르는 농도를 사방에 퍼트리고, 위험한 마물들을 모두 불러 모은다.

하나…… 셋…… 열…… 스물……

세는 것조차 벅차다.

뚫고 지나가야 할 장애물을 더 생각해 봐야 무엇 하겠는가.

콰득!

페르노크가 어깨뼈를 맞추며 마력강체술을 최고조로 끌어 올렸다.

여기까지 죽이며 흡수한 마물들의 마력과 영력이 마침내 육체의 한계를 넘어섰다.

까드득!

뼈마디가 뒤틀린다.

머리에선 경종을 울린다.

육체가 떨며 도망치라고 경고한다.

명계를 지배했던 초월자인 자신과 나약한 육체를 가진 지금의 모습이 서로 대비되어 눈앞이 깜깜하게 채색되어 간다.

서늘하고 오싹한 기분.

죽음이란 감정이 목덜미까지 차오른 이 막막한 느낌이 얼마 만인지.

고향에 온 듯 익숙한 감정을 외면하지 않고 어둠 속으

로 주먹을 내질렀다.

……쉐에에에엑! 콰앙!

터진다.

살과 뼈.

그를 이루는 육체의 모든 것들이 부서지고 뭉개지며 새롭게 조화되어 간다.

콰드득!

떨어져 나간 팔을 다시 붙잡아 어깨에 붙이고 재생 마법을 걸었다.

고통이 느껴지지 않을 정도가 되었을 때, 페르노크는 깨달았다.

지금 필요한 건 명계의 초월자가 아니다.

끌어내지도 못할 영법이 아닌 순수한 자신.

육신 하나로 전장을 누비던 생전의 모습.

콰콰콰콰쾅!

그 시절의 나는 결코 이렇게 느리지 않았다.

팔을 쓰지 못해도 다리는 움직였으며 눈이 감겨도 적의 숨결을 항상 감지했다.

움직여라.

죽음도, 고통도, 망설임도 일체의 생각을 모두 버리고 본능에 몸을 맡겨라.

찢어라.

부수고, 으깨어, 삼켜라.

'모든 것이 나의 식량이요, 피요, 살이요, 뼈가 되어 전장을 누비는 원동력이 될지니.'

그때가 된다면 비로소 그날처럼 소리 내어 울부짖으리라.

"아아아아아아아!"

진가의 보도처럼 날카롭고 단단해진 그 모습을.

동화율 - 30%

미진했던 동화율이 수많은 사투 끝에 첫 번째 임계점을 넘어선 순간 페르노크의 몸을 순백의 광채가 뒤덮었다.

벗겨진 살갗과 뒤틀어진 뼈가 복구되며 몸에 쌓여 있던 노폐물들이 밖으로 흘러나온다.

육신은 오래전 그가 기억하는 최적화된 전투 방식을 따라 재구성된다.

우우웅!

마력과 영력이 원활하게 순환된다.

이전보다 마력을 담는 그릇이 더욱 방대해졌다.

페르노크가 마물의 사체에서 마력과 영력을 흡수했다.

그럼에도 아직 그릇이 채워지지 않아 새로운 마력과 영력을 갈구한다.

영법 - 이상구현.

영혼이 기억하는 가장 강렬한 순간으로 모든 것을 재구성한다.

임계점을 넘을 때마다 이상구현은 보다 이상향에 가까운 형태로 진화한다.

삶과 죽음의 경계에서 페르노크는 생전의 모습을 떠올렸다.

이상구현은 그에 버금가는 육신으로 페르노크의 그릇을 방대하게 넓혀 줬다.

"하아아……."

새어 나온 호흡이 마기로 물든 산자락에 하얀 숨을 토한다.

몸 안의 찌꺼기가 하나도 남김없이 사라지며 놀랍도록 가벼워졌다.

빗발치는 마물의 공세를 피하여 여섯 번째 포인트를 파괴하였음에도 육신은 조금도 흔들리지 않는다.

콰콰콰쾅!

페르노크는 여운을 즐길 새도 없이 마지막 포인트로 질주했다.

그 어떤 마기가 농축되어 떨어지더라도 마력강체술이 차단하였으며, 짓밟고 찢어 버린 마물의 마력과 영력이 그의 그릇을 든든하게 채워 나갔다.

수많은 격전에도 육신은 조금도 떨지 않으니.

그건 그가 그토록 매달렸던 기억 속의 모습과 닮아 가

고 있었다.

콰앙!

페르노크가 마지막 일곱 번째 포인트를 오버 임팩트로 깨부쉈다.

순간, 역류하던 마기가 잠잠해지기 시작했고.

뚝…… 뚜둑…… 뚜두둑……

산과 지상을 뒤덮던 비가 그쳤다.

목적은 이뤘다.

하지만 진화된 육신은 계속 굶주려 있다.

새로운 마력과 영력을 갈구한다.

'성은 수습되겠군.'

감정이 고양된다.

뭐든지 가능할 것 같은 충만한 느낌을 따라 고개를 돌렸다.

산사태처럼 밀고 내려오는 마물의 4파.

'저것들이라면 내 갈증이 조금이라도 해소될까.'

페르노크가 눈을 번뜩이며 마물의 대해 속으로 몸을 던졌다.

* * *

"성문을 열어라! 어서!"

성벽 위에서 마물의 공세를 힘겹게 막아 내던 보든이

별안간 외쳤다.

저 멀리 라무트의 별동대까지 포함한 길드가 귀환하고 있었다.

드르륵!

성문이 열리고 마물과 함께 길드가 들어왔다.

제일 후미의 길드가 마물을 베어 내고 성문을 닫았다.

"보급!"

"서둘러!"

살리오와 엔리가 소리쳤지만, 성벽에서 빼낼 병력조차 없다.

내부에선 할람과 기사단장이 나뉘어 재생되는 상위 마물을 격퇴하는 중이다.

"보급 달라는 말 못 들……!"

"무사히 돌아오셨군요. 다행입니다."

리오가 수레를 끌고 찾아왔다.

살리오가 수레 내용물을 살피며 미간을 찌푸렸다.

회복약과 붕대, 먹을 것들이 부족했기 때문이다.

"이게 전부인가?"

"비 때문에 외부로 노출된 보급품들이 모두 오염되었습니다. 그나마 천막에 옮겨 둔 이것들만 무사했지요. 게다가……."

리오가 성 안쪽에서 연신 울려 대는 굉음을 가리켰다.

"……마물 소재에 마기가 달라붙어 상위 마물이 재생

되는 상황입니다."

"길드장께서 짐작하고 계신 최악의 상황이 맞았군."

"몇 명이나 움직일 수 있죠?"

살리오가 망치를 지팡이 삼아 몸을 일으켰다.

네임드의 간부들이 하나도 빠짐없이 그 뒤를 따랐다.

"나머지는 이곳까지 오느라 힘을 다했다."

"우리도 움직일 수 있습니다."

라무트가 거친 숨을 몰아쉬며 다가왔다.

반면, 자드와 조디악의 안색은 창백했다.

"미안하게 됐어. 마력을 너무 남발한 탓에 시간이 필요해."

"지형을 가르는 정도라면 성벽 위에서 한 번은 가능하겠군."

둘은 상위 마물과의 전투에서 견제용으로만 마법을 사용했었다.

힘이 남아 있던 상황이라 성으로 귀환하는 데 대부분의 마력을 사용해 버렸다.

"안쪽에 몇 명 더 지원해야 해?"

엔리가 마물에게 긁힌 어깨를 옷자락으로 동여매며 물었다.

고심하던 리오가 답했다.

"절반씩 나눠서 반은 내부에 나머지는 성벽을 수호해야 합니다. 이젠 상위 마물들도 밀려올 터라 20분의 휴식이 전부입니다."

"잠깐, 길드장이 저곳에 있어! 돌아가야 한다고!"

"죄송하지만 안 됩니다. 성을 지켜야 합니다."

"이런 쌍!"

엔리가 벽을 거칠게 걷어찼다.

답답한 마음은 모두 마찬가지다.

"마물은 끝도 없이 재생되고, 아무리 방비해도 모자랍니다. 유일한 방법은 다른 성에서 지원군이 당도할 때까지 버티는 것뿐이죠."

"그놈들은 일주일 전에 연락을 넣지 않았나! 왜 이리 안 오는 거야!"

차분했던 살리오도 성질나서 목소리를 높였다.

"모릅니다. 그런 거 따질 시간도 없고요. 페르노크 님은……."

리오가 관자놀이를 검지로 꾹꾹 누르며 얕은 숨을 내쉬었다.

"……기도해야죠. 페르노크 님은 이곳의 상황을 짐작하시고 여러분들을 모두 수성으로 돌린 겁니다. 그리고 그만한 자신감이 있으신 거예요. 혼자서 저곳을 돌파할 수 있다는."

쿵!

살리오가 망치를 땅에 두드리며 분한 심정을 억눌렀다.

"기동력 좋은 인원들은 지금 제가 지시한 중앙 구역으로 가십시오. 나머지는 회복을 취하면서 상위 마물이 성벽으로 다가올 때 바로 투입될 수 있도록 생각하고 계세요.”

“좋아. 일단, 이곳부터 정리하고 보자고!”

살리오와 엔리가 소란이 심화되는 성 내부 중앙 지역으로 달려갔다.

“전 성벽으로 가죠.”

라무트가 장검을 뽑으며 움직일 수 있는 별동대를 모두 성벽에 투입시켰다.

“하아, 진짜. 뺄 수도 없고…….”

“구시렁거리지 마, 이놈아.”

“……아저씨, 움직일 수 있어?”

“마력 중독 걸려도 움직여야 할 판이다. 우리 아니면 답이 없다.”

“끄응. 나 쓰러지면 부축해 주쇼.”

자드와 조디악이 움직일 수 있는 인원들을 이끌고 성벽에 올랐다.

남아 있는 길드원들은 저레벨 마법사들뿐.

그마저도 귀환과 돌파에 마력을 소진해서 검을 쥐는 것조차 어려운 상태다.

“건물 안까지 움직일 수 있겠습니까?”

“예…….”

창백한 안색의 길드원들이 마력 중독에 시달리는 길드원들을 부축하며 가까운 건물에 들어갔다.

보급은 전선에 투입된 자들에게 전부 뿌렸다.

부상자들을 회복시킬 수단은 휴식뿐이다.

'성 안은 어찌 수습할 것 같은데, 문제는 성 밖의 마물들이다. 재생하는 놈들과 산맥에서 내려오는 3, 4파. 이를 어찌 극복한다…….'

반나절밖에 되지 않았는데, 일주일은 지난 것 같다.

예상하고 준비한 전술들이 산맥의 분노에 가로막히자 많은 것들이 헝클어졌다.

산맥과 성.

주인과 페르노크.

단순한 상황으로 좁히려던 구상이 복잡해졌다.

'전쟁의 변수라.'

이 정도의 전쟁을 처음 목격했다.

하지만 리오는 시시각각 변하는 상황에서 많은 것을 깨달았고, 지금 상황을 어떻게 대처해야 할지 최선의 판단만 추구하고 있었다.

콰콰콰콰쾅!

"……!?"

별안간, 멀리서 지축을 흔드는 굉음이 울려 퍼졌다.

리오가 한달음에 성벽으로 올라가 산맥을 바라보았다.

"저, 저게 무슨……."

자드가 산맥 한 곳을 가리켰다.

그곳에서 어둠을 몰아내는 찬란한 섬광이 번뜩였다.

무려, 일곱 지점을 강타하며 기세를 드높인 섬광이 산

맥의 3파를 휘어 감았다.

그리고.

뚜두둑……

거짓말처럼 비가 그치고, 마기의 농도가 옅어져 갔다.

"오오, 이 씨발……."

자드가 입가에 미소를 걸며 흥분해서 외쳤다.

"진짜 틀어막았어? 이게 되는 거야? 진짜!?"

"아직 안심하긴 일러! 마기는 대기 중에 떠돌아다닌다!
두 번은 더 죽여야 재생이 멈춰! 고삐를 늦추지 마!"

조디악의 목소리에 힘이 실렸다.

"쏴! 지금 다 몰아내!"

빗발치는 포 너머의 광경에서 리오는 깨달았다.

페르노크가 혼자 산맥으로 올라가 비를 그쳤다는 사실
을.

그리고.

'돌아오지 않는다. 그대로 주인에게 향할 셈이야!'

페르노크가 일전을 위해 산맥에서 카르고라스로 향하
고 있음을.

"몰아쳐라!"

보든의 힘찬 목소리가 성벽에 활기를 불어넣었다.

끝이 보인다는 사실에 주저앉던 병사들도 일어나 돌과
불을 던졌다.

성 안의 상황도 순조롭게 마무리될 것으로 생각했다.

"급보!"

하지만 성벽으로 올라온 전령의 고함이 안도하는 성을 뒤흔들었다.

보든이 전령의 표식을 살피며 한달음에 달려왔다.

"룽겔 아닌가!"

룽겔 백작령은 이곳에서 수백 킬로 떨어진 성이다.

일주일 전에 지원군을 요청한 보든의 아군이기도 했다.

"백작은 어디 있고 혼자……."

"마물에게 습격당하고 있습니다!"

"……!"

"이곳에서 30킬로 떨어진 거리입니다! 갑자기 검은 비가 내리더니 땅이 새까맣게 물들고 마물이 치솟았습니다! 그 수가 무려 이천에 달합니다!"

보든이 입을 쩍 벌렸다.

비가 그렇게 먼 곳까지 뻗칠 줄도 몰랐거니와 마물의 수가 상상을 초월했다.

'룽겔 뿐만이 아닐 거야. 구름이 계속 뻗어 나갔다면, 성을 기준으로 반경 수십 킬로에 마물이 치솟았다는 얘기다. 이곳까지 오는 원군들이 모두 마물에 가로막히고 있어!'

비가 그쳤다곤 하나 산맥에선 계속 마물이 내려온다.

그 재해가 언제 다시 성을 덮칠지 모른다.

마지막 힘을 짜내는 병력들도 오늘이 지나면 모두 지쳐

쓰러질 것이다.

　유일한 버팀목이었던 원군마저 가로막혔으니 눈앞이 샛노래진다.

　"백작님! 지원군을!"

　"그건……."

　"협회를 제게 맡겨 주시죠."

　리오가 달려와 말했다.

　보든이 고개를 저었다.

　"지금 누굴 빼고 말고 할 상황이 아니야."

　"마물도 마기의 공급이 끊겼습니다. 성은 내외로 숨 돌릴 시간이 생겼습니다. 병력을 일부 빼내서 룽겔을 지원해야 합니다."

　"성 안은?"

　"네임드의 간부진들은 마물 사냥이 능숙합니다. 제 지시가 없어도 빠르게 상황을 정리할 겁니다."

　"그럼 네임드 측에선 사람을 뺄 수 있나?"

　"성 안을 정리하기까지 시간이 필요합니다."

　"으음."

　룽겔은 수성에 필요한 병기가 많다.

　"룽겔과 이곳의 거리가 그렇게 멀지 않습니다. 룽겔을 데려올 수만 있다면, 산맥의 남은 물결도 막아 낼 수 있습니다!"

　"자신 있나?"

"확률을 따질 상황이 아닙니다. 반드시 해야만 합니다."

고개를 절레절레 젓던 보든이 라무트를 불렀다.

"룽겔을 지원해야 하네. 움직일 수 있겠나?"

"허억, 허억. 말을 내주십시오. 해 보겠습니다."

"좋아. 리오와 함께 가게. 그는 룽겔의 경로를 알고 있어!"

성의 남은 말을 모두 리오가 넘겨받았다.

라무트와 별동대 20명과 함께 서쪽 성문을 박찼다.

"챠핫!"

라무트가 선두를 돌파하고 나머지가 옆면을 쳐 내며 길을 만들었다.

비가 그친 덕분인지, 마력 순환이 한결 여유로워진 그들은 빠르게 서쪽을 가로질렀다.

수통을 꺼내 물을 마시며 보존식으로 간단히 배를 채우며 달리니, 얼마 지나지 않아 룽겔의 깃발과 마주했다.

"산맥의 원군이다아아!"

리오가 목청껏 소리 지르자 모든 시선이 이쪽에 집중되었다.

라무트가 마물의 한복판을 베어나가며 길을 열었다.

룽겔의 백작, 리반스가 마물의 피를 털어 내며 리오를 맞이했다.

"산맥에서 왔나!"

"늦어서 죄송합니다."

"아닐세! 그래, 백작은……?"

"지금 수성에 전념하고 계십니다. 하지만 지원군으로 6레벨 마법사와 별동대 20명을 보냈습니다."

"오오! 듣던 중 반가운 소리군!"

룽겔의 수성 병기는 자리를 잡고 사용해야 한다.

지형이 울퉁불퉁하며 마물이 사방에서 몰아치는 이곳에서 정확히 수성 병기를 배치하기란 어려워 보였다.

하지만 둘러싼 마물들은 중, 하급의 수준이었고, 룽겔은 오백의 병사가 있다.

라무트와 별동대가 잠시도 쉬지 못했다고는 하나 어렵지 않게 상황을 돌파할 것처럼 보였다.

"안 돼!"

별안간 라무트의 비명이 전장에 울려 퍼졌다.

"전 병력 물러나시오!"

다급한 고함이 마물의 사체를 두들겼다.

평야에 널브러진 사체들이 한 줌 마기로 녹아내리는가 싶더니, 하나로 뭉쳐 거대한 조형을 탄생시킨다.

"저, 저게……."

"합성이라고?"

리오도 말로만 들었던 특이 상황이다.

때때로 파장이 맞는 마물들은 서로의 마기를 합쳐 보다 상위의 존재로 변형된다.

산맥의 역사를 따져도 합성은 총 다섯 번 있었다.

그리고 지금 눈앞에 여섯 번째가 탄생했다.

무려 열 마리였다.

새와 멧돼지.

여섯 팔의 괴물.

입에 담기 흉흉한 마물들은 모두 고도 9000미터급의 마기를 품고 있었다.

뿐만 아니라 거미처럼 생긴 마물이 줄을 치자 그곳에 알이 맺히며 하급 마물이 탄생하기 시작했다.

"오…… 신이시여……!"

리반스의 동공이 멍해졌고, 병사들은 전의를 상실한 듯 무기를 움켜쥔 채 굳어졌다.

백전의 노장 라무트도 이때만큼은 말을 잃었으며 별동대의 사고는 정지되었다.

"병력을 모으고 물러서야 합니다!"

"끼아아아아악!"

리오의 외침을 비웃기라도 하듯 새의 형상을 한 마물이 날개를 활짝 펼치며 굉음을 터트렸다.

모두 고막을 막고 자리에 주저앉았다.

순간, 리오는 머리가 어지러워졌다.

소음이 뇌리를 흔들어 버렸기 때문이다.

비틀거리며 무릎 꿇은 그 앞에 하급 마물이 달려온다.

리오가 바닥을 더듬거리며 손에 쥔 딱딱한 물건을 마구 잡이로 내뻗는 순간이었다.

[당신답지 않군요.]

정신을 일깨우는 정중하고 맑은 목소리였다.

한데, 리오를 제외한 남은 인간들이 모두 쓰러졌다.

콰득!

하급 마물은 눈앞에서 마기조차 남기지 못하고 소멸되었다.

리오가 어느새 드리운 그림자를 올려다보았다.

중절모를 눌러쓴 노인이 지팡이를 짚으며 미소 짓고 있었다.

"처절하게 몸부림칠 정도로 지키고 싶은 뭔가가 생긴 겁니까?"

"루인…… 님……?"

"성숙해졌군요, 리오."

"어떻게……?"

"왕실의 견제가 들어올 거라는 편지를 보내 놓았으면서, 제가 가만히 있을 거라고 생각했습니까?"

루인이 웃으며 리오 앞에 섰다.

"페르노크 님과 저의 내기에 생긴 변수를 견제할 생각으로 왔습니다만, 상황이 묘하게 흘러가더군요. 여기까지 오면서 대략적인 상황은 들었습니다."

리오가 웃었다.

루인이 지팡이를 내리꽂고 있었기 때문이다.

"일단, 이곳부터 정리하지요."

그 순간, 지팡이 끝에서 터져 나온 마력이 이 일대의
모든 것을 집어삼켰다.

5장. **결전**

결전

리오는 딱 한 번 루인의 마법을 지켜보았다.

그가 세상에 의욕을 잃고 죽어 나가던 어느 날, 마찬가지로 삶의 의지를 잃고 무의미하게 살아가던 루인은 습격자들에게 단 한 마디를 남겼다.

"쉿."

그 순간, 모든 것이 침묵했다.

지금처럼 말이다.

"……"

모든 마물들과 땅과 하늘과 바람의 소리가 사라졌다.

그 속에서 오직 루인의 지팡이 소리만 울려 퍼졌다.

쩌엉-!

종소리가 울려 퍼지듯 맑은 소리가 세상을 두드렸다.

인간들의 호흡은 편안해졌으며, 마물들의 숨은 멈췄다.

쩌엉-!

루인이 지팡이를 다시 한번 두드렸을 때, 수천의 마물들은 모두 굳어 버렸다.

합성 마물들만이 날갯짓하고 땅을 구르며 마력에 저항하려 했다.

하지만 소리가 들리지 않았다.

그 모든 반발의 충격과 굉음이 사라졌다.

그것은 마치 액자 속에서 움직이는 그림처럼 보였다.

"……."

소리 없는 습격이 루인에게 향한다.

합성 마물들이 불을 내뿜고 날갯짓하여 바람을 일으키며 지면에 뿔을 내리쳐 땅을 들썩인다.

천재지변이 몰아치건만 루인은 흐릿한 미소를 머금으며 검지를 입술에 붙일 뿐이다.

"쉿."

그리고 모든 것이 정지했다.

천재지변은 언제 일어났냐는 듯 깨끗하게 사라졌다.

합성 마물들은 그 자리에 굳어 움직이지 못했다.

'침묵.'

리오는 소름조차 돋지 않았다.

일상생활을 영위하듯이 모든 일은 평온하게 흘러갔다.

마치 그것이 섭리라도 되는 것처럼 마물에게 저항은 허

락되지 않았다.

'이것이 고작 마법.'

소리를 삼킨다.

언어를 지운다.

인지를 삭제한다.

그리하여 대상을 텅 빈 인형처럼 만들어 버리는 침묵의 마법.

하지만 이것은 루인이 젊은 시절 애용하던 마법에 불과하다.

마도사가 된 이후 그의 마법은 진보하여 침묵 너머에 도달했다고 들었다.

그들이 죽기 살기로 막아야 했던 마물은 S2의 마도사에겐 유희조차 되지 않았다.

10초나 걸렸을까.

'정말 다행이야.'

이런 사람이 아군이라서 안도한다.

"아직 처리할 일이 더 남았습니까?"

"예?"

리오의 언어가 허락되었다.

"아, 성! 성의 상황이 좋지 않습니다!"

루인이 서쪽을 돌아보았다. 그리고 피식 웃었다.

"제가 굳이 갈 필요는 없겠군요."

"무슨 말씀이십니까?"

"더 이상 마물의 재생은 없을 테고, 가장 위협적인 놈은 가로막혀 있습니다. 저와 10년은 수련해야 이를 경지라고 생각했지만, 제 오산이었네요."

"그게 무슨……."

"제가 관여했다간 페르노크 님께서 노여워하실 겁니다. 그분은 지금 아주 중요한 갈림길에 놓여 있으니, 절대 끼어들지 마십시오."

옷자락에 묻은 모래를 털어 내며 루인이 지팡이를 거뒀다.

"괜한 말이 오갈 것 같아 이들을 잠시 재워 뒀습니다. 이들이 깨어나거든 여기 있는 마물의 소재를 페르노크 님께 선물로 들고 가십시오. 그리고 이 말도 함께 전해 주세요."

루인이 싱긋 웃었다.

"내기는 페르노크 님의 승리입니다. 라고요."

"자, 잠시만……!"

루인은 의미심장한 미소를 지으며 돌아섰다.

눈 깜빡할 사이 루인이 사라졌다.

그리고 잠들었던 이들이 깨어나 화들짝 놀라고 말았다.

"이, 이게 다 뭐야!"

"마물들이 죽어 있는 거야?"

귀신에 홀린 기분이었다.

* * *

비가 퍼부었고, 카르고라스의 재생이 끝났다.

압도적인 마기 앞에 지프가 인상을 와락 찌푸렸다.

'젠장, 마도술을 발동할 수 없어.'

마도술은 영역의 개념이다.

바람의 마도술은 특히 바람 속에 지속적으로 마력을 심어 둬야 한다. 그리고 모든 바람이 자신의 의지대로 움직일 때, 바람을 초월한 공간의 법칙을 확립할 수 있다.

하지만 카르고라스는 마도술의 원천인 마력 부여를 계속 흡수해 나갔다.

"네가 아니야."

"뭐라 지껄이는 것이냐!"

지프가 발악하듯 지팡이에 맺힌 마력을 바람에 심어 칼날 형태로 날려 보냈다.

방금 전까지 사지를 절단하던 칼날은 카르고라스의 손날에 무참히 부서졌다.

그것도 모자라 다시 한번 그은 손날에서 진공의 칼날이 생성되어 지프에게 날아왔다.

지프가 바람 장벽으로 막으며 원거리에서 카르고라스를 견제했다.

카르고라스는 바람의 궤적을 모두 읽으며 여유롭게 공

격을 회피했다.

지프가 미간을 찌푸렸다.

신경을 자극하는 건 그뿐만이 아니었다.

"크아아악!"

"단장님!"

빗물에 섞인 마기가 이곳을 농도 짙게 만들어 나갔다.

로열패밀리는 강성해지고, 기사단은 나약해진다.

시간이 흐를수록 불리해지는 건 기사단 쪽이었다.

"이 버러지가!"

씹어 뱉듯 소리친 지프가 마력을 전부 개방시켰다.

바람에 섞지 않았음에도 폭풍이 몰아치는 것 같은 험한 기세가 사방으로 뻗어 나갔다.

그것은 일정한 원의 영역을 만들어 스며드는 빗물까지 함께 차단했다.

거대한 바람의 장벽 앞에 고개를 갸웃하던 카르고라스가 씨익 웃더니.

"쓰으읍, 파하아!"

기합처럼 숨을 내뱉어 장벽을 두들겼다.

그러자 장벽의 안쪽이 새까맣게 물들고, 빗물이 외부를 두들겨 내외부가 모두 마기에 짓눌렸다.

그때, 지프의 지팡이가 반원을 그렸다.

바람이 마기까지 휘감고 거대한 날이 되어 카르고라스를 내리찍었다.

카앙!

카르고라스가 양팔을 교차시켜 묵직한 바람을 막아섰다.

지프는 이때를 노렸다.

"물러나라!"

단원들이 사방에 흩뿌려지는 마력을 느끼며 황급히 로열패밀리와 거리를 두었다.

마기를 머금은 바람은 카르고라스의 움직임을 막기 위함이다.

처음부터 지프의 노림수는 발목이 붙잡힌 이 찰나의 영역 확장이었다.

우우우우우웅!

마기의 농도가 얼마나 짙건 상관하지 않았다.

마력은 바람에 스며들어 시야에 닿는 모든 곳을 장악하기 시작했다.

그와 동시에 카르고라스가 칼날을 떨쳐 냈다.

하지만 그의 움직임이 뚝 멈췄다.

산맥과의 연결이 끊기고, 비가 그치며, 오싹하게 만드는 위험한 무언가가 감지되었기 때문이다.

그것은 서쪽 방향을 타고 넘어왔다.

수십 킬로가 넘게 떨어졌지만 느낄 수 있다.

죽는다.

모든 것을 침묵케 만드는 그것이 찾아온다면 자신은 산맥을 끼고 싸워도 반드시 소멸한다. 다시는 부활을 꿈꾸지 못한다.

두근.

카르고라스의 심장이 거칠게 뛰었다.

위협적인 그것이 서서히 물러난다.

이곳에 찾아올 기미가 보이지 않는다.

두근, 두근.

하지만 언제든지 그것이 찾아올 수 있다.

위험하다.

이 걸리적거리는 놈부터 빠르게 처리해야 한다.

두근…… 두근…… 쿵…… 쿵…… 쿵. 쿵쿵!

상처 입은 심장이 거칠게 뛰며 지난날의 악몽을 떠올린다.

어찌하여 이곳에 갇혀야만 했나.

그 원인이 새삼 떠올라 카르고라스의 공허한 눈동자를 두들긴다.

그리고 카르고라스에게 어떤 생각이 맺혔다.

나를 죽인 놈이 위험하다면.

나를 죽인 놈과 똑같이 변하면 된다.

공허한 눈동자는 속삭인다.

너는 그것이 가능한 존재라고.

수십 년 동안 함께했던 이마의 불청객이 카르고라스 내부에 영력을 흘려보낸다.

카르고라스는 자신이 할 수 있는 새로운 영역을 깨닫고 바로 실천에 옮겼다.

뚝…… 뚜둑……!

가장 위험하고 위대했던 인간의 영웅을 떠올리며, 몸이 변화한다.

자신의 목에 들이댔던 그 한 자루 칼날 같은 기억에 머무른다.

"모조리 갈려라!"

마침내 완성된 지프의 마도술이 바람을 넘어 대기를 장악하고, 카르고라스가 호흡하여 빨아들인 숨을 조종하여 그 내부에서 폭약처럼 터트려 버린다.

콰콰콰콰쾅!

카르고라스의 사지가 뜯겨 나갔다.

살점이 덜렁거리며 육체에 간신히 붙어 있는 정도.

나약해져 버린 모습에 지프는 마도술의 마지막 단계에 이르렀다.

"머리까지도 필요 없겠지. 심장과 살점만 땅에 묻어 영원토록 산맥에서 양분만 공급하도록 만들어 주마!"

대기 붕괴.

바람이 마법을 넘어 마도에 이른 순간 반경 1킬로에 달하는 대기가 지프의 뜻대로 움직인다.

우우우우우웅!

사방에 균열이 생겼다.

떨어져 나간 조각이 사방에서 카르고라스의 사지를 뜯어 버리고, 호흡을 앗아 가 그마저도 흉기로 만들어 버린다.

결코 저항하지 못하는 대기의 감옥 속에서 지프가 지팡이를 내리긋는다.

그것은 소리 없는 사형 선고였다.

대기를 구성하는 모든 입자가 한곳에 뭉쳐 카르고라스의 정수리를 거대한 기둥으로 내리꽂았다.

그리고.

서걱!

기둥 속에서 터져 나온 새까만 검기가 지프의 몸을 반으로 갈랐다.

대기와 그를 구성하는 모든 요소가 단 하나에 깨져 나갔다.

"……?"

무엇이 펼쳐졌는지 지프는 보지 못했다.

떨어진 상체가 힘없이 오른쪽으로 기울어지고 나서야 변화를 목격하게 되었다.

키득.

웃고 있다.

살점이 떨어져 나가 언제 죽어도 이상하지 않았을 카르고라스가 완벽히 회복된 상태로 쓰러진 지프를 비웃는다.

놀랍게도 그 몸은 인간의 육체와 흡사했다.

새까맣게 흐르는 광택이 갑옷처럼 뒤덮였고 얼굴은 누군지 모를 누군가를 모방했으며, 손에 마기로 이루어진 검을 쥐고 있다.

그리고 그 이마에 박힌 눈동자에서 새하얀 입자가 흘러나온다.

새까맣고 하얀, 무척이나 이질적인 모습에서 왜 이리도 인간의 기척이 전해진단 말인가.

"퇴, 퇴각……!"

"크아아아악!"

로열패밀리에 쓸려 나가는 단원들의 비명이 이젠 멀어져 간다.

흐릿해지는 망막 너머에서 카르고라스는 재차 검을 들어 올렸고.

"도플갱어……."

누군가의 목소리가 귓가에 흐릿해지며 지프는 숨을 거뒀다.

                    *   *   *

카르고라스가 검을 들어 올린 상태로 고개를 동쪽에 돌렸다.

"……?"

서쪽의 위험했던 인간보다 원초적인 본능을 자극하는 무언가가 동쪽에서 달려온다.

산맥을 타고, 그 흐름을 가로지르며, 도저히 끝을 모르는 기세가 마기를 찢어발긴다.

카르고라스는 저도 모르게 검기를 산맥으로 발출시켰다.

자신을 죽인 인간.

영웅이라 불리던 자의 한 수를 모방하고 새롭게 보완했다.

지프의 마도술마저 갈라 버린 검기는 표적을 정확히 포착하여 쇄도하였고.

쾅!

산맥의 지형과 마물까지 가리지 않으며 함께 그것을 쓸어 버렸다.

"기억에 있어."

아니, 죽인 줄 알았다.

카르고라스가 지면의 그림자에서 샘솟는 그것을 목격했다.

"절망군주의 시대에 너와 비슷한 녀석이 있었지. 타인을 모방하여 그 지식과 힘을 함께 섞어 쓰는 위험한 종족."

한시도 잊지 않았던 인간.

정상으로 찾아와 자신의 심장을 꿰뚫어 보았던 이 산맥

에서 가장 위험한 놈.

"도플갱어라고 부르더군."

로열패밀리가 단원들을 죽이고 페르노크에게 달려들었다.

페르노크는 글러브를 대검의 형태로 바꿔 등 뒤로 휘둘렀다.

로열패밀리 한 구가 목이 잘렸지만 바로 재생해서 흉흉한 마기를 내뿜었다.

페르노크는 당황하지 않고 지면에 대검을 꽂았다.

콰아아앙!

돌기둥이 송곳처럼 솟구쳐 로열패밀리의 진격을 가로막았다.

로열패밀리는 마기를 두른 주먹으로 돌을 부쉈지만, 아주 잠시 발목을 붙잡은 것만으로도 충분했다.

페르노크의 대검이 차징을 끝내고 새하얀 섬광을 터트렸다.

오버 임팩트.

카르고라스의 기억 속에 있는 위험한 힘이다.

하지만 그만큼 반동이 심하다.

정상에서 내려다보았기에 페르노크가 오버 임팩트를 사용하고 얼마나 휘청거렸는지 잘 알고 있다.

로열패밀리를 한 번에 뒤덮을 정도의 위력이라면 육신이 지쳐 쓰러지기 마련이다.

하지만.

"내 영법과 흡사해 보이지만 결이 달라."

페르노크는 묵묵히 대검을 털어 냈다.

일말의 흔들림도 없었다.

두근.

카르고라스의 심장이 다시 뛰기 시작한다.

자신을 죽인 영웅을 마주했을 때처럼.

페르노크 또한 급격히 기세가 올라가고 있음을 느낀다.

"보물의 진가도 모르니, 그 유혹에 넘어가 휘둘리는 거 겠지."

페르노크가 죽은 자들의 육체로 손을 뻗었다.

이곳에 잠든 모든 마력과 영력.

단원들의 마법.

더하여 지프의 마도술.

동화율 - 35%

삽시간에 증폭된 힘에 반발하듯 카르고라스가 검기를 터트린다.

페르노크가 응수하듯 대검을 휘두르니 사방에 마력이 퍼지며 일대의 바람이 모두 그 손에 조종되기 시작한다.

쾅!

바람과 맞부딪쳐 동시에 소멸하는 두 기운.

하지만 카르고라스는 처음으로 경악했다.

그건 분명 지프의 마법이었기 때문이다.

"간만에 몸이 옛 기억을 되찾아 가고 있다. 지금보다 더 완벽한 형태에 이르고 싶으니."

페르노크의 마력이 육체를 타고 아직 풀지 못한 갈증을 눈앞에 갈구하고 있다.

"부디, 모든 것이 끝나기 전까지 죽지 말아다오."

* * *

이곳까지 오면서 수백, 수천의 마물을 씹어 먹었다.

소모와 흡수를 반복하면서 그릇은 더욱 단단해지고 새롭게 변화한 육신이 숨을 쉬듯 자연스럽게 움직인다.

[대기 붕괴 S1]
바람이 닿는 모든 환경을 조작한다.

지프에게서 빼앗은 마도술은 공간을 지배하는 새로운 법칙에 가까웠다.

바람을 퍼트렸을 뿐인데, 이 세상 모든 것이 자신의 손바닥 안에 있는 듯했다.

'마법과 마도의 경계가 이런 느낌인가.'

새로운 충만함이 사방에 단단한 연결을 구축하려 할

때, 사나운 마기가 영역을 비집고 들어왔다.

"나를…… 보지 마……."

카르고라스가 까만 대검을 들어 올렸다.

"그런 눈으로 나를 보지 마!"

페르노크에게 자극받은 탓일까.

카르고라스는 지프와 싸웠을 때 보였던 여유를 모두 벗어던졌다.

대검이 응축된 마기를 무차별적으로 쏘아 보내자, 페르노크가 바람을 눈앞에 모았다.

까아앙!

검기가 바람을 돌파하여 페르노크 눈앞에 멈췄다.

진공의 막이 검기를 우그러뜨렸다.

'대기를 조종하는 힘을 가졌음에도 남을 흉내 내는 모자란 놈에게 죽었단 말인가.'

페르노크가 손을 털자 대기가 의지를 지닌 생물처럼 카르고라스에게 달라붙었다.

이미 한 번 비슷한 수법을 경험한 카르고라스는 몸으로 마력을 받아들이며 동시에 검을 휘둘렀다.

상처를 아랑곳하지 않는 모습에 페르노크는 씨익 웃으며 대검으로 응수했다.

"좋군."

대기를 조작함과 동시에 페르노크는 카르고라스에게 쏘아졌다.

참을 수 없을 만큼 강렬한 각성의 열기가 자꾸만 치솟는다.

페르노크는 머릿속에 담아 두었던 다양한 공격을 퍼부었다.

쾌쾅!

카르고라스와 맞부딪치자 밀려나는 건 페르노크였다.

비가 그쳤음에도 카르고라스에게 내재된 마기는 수천의 마물보다 압도적이다.

[근력 증폭 Lv.3]
마력을 온몸에 집중시켜 힘을 끌어올린다.

부족한 부분은 마법으로 보충했다.

[가속 Lv.2] [강화 Lv.3] [신경 전달 Lv.4] [섬광 Lv.4]

한계를 돌파한 몸은 다중 마법을 수월하게 받아들였다.

쾅쾅쾅!

페르노크의 방대해진 마력을 함께 머금으며 보다 진화한 마력강체술에 다중 마법이 실리니, 카르고라스의 매서운 투로에도 페르노크는 전혀 밀리지 않았다.

'보인다.'

관찰안은 한 단계 높은 곳으로 도약했다.

이젠 상대의 내부와 영혼의 끝자락을 함께 보아, 0.5초 앞의 상황을 파악할 수 있다.

까앙!

카르고라스가 하단에서 올려치기 전에 페르노크의 대검이 그 끝부분을 찍어 눌렀다.

"세이트!"

카르고라스를 이곳에 가둔 영웅의 이름.

세이트와 페르노크를 겹쳐 보고 있음인가.

저주받을 영웅들에 대한 분노가 카르고라스의 마기를 폭주시켰다.

"캬하앗!"

카르고라스의 왼쪽 팔이 변화한다.

새까만 광택을 두르지 않은 인간의 팔.

검지에 반지가 끼워져 있었는데, 그건 분명 지프의 상징이었다.

후우우웅!

한 손엔 대검을.

다른 손은 바람을.

양손을 제각각 놀리는 모습이 흡사 페르노크의 다중 마법과 비슷해 보였다.

무척이나 이질적이지만, 전혀 방심할 수 없는 마기가 사방에 치솟았다.

카카카카캉!

대기의 마력과 마기가 충돌했다.

놀랍게도 카르고라스는 지프의 마도술까지 흉내 내기 시작했다.

페르노크가 마법을 구사하면 카르고라스도 똑같은 마법으로 응수했다.

마치 거울을 보고 싸우는 느낌이었다.

순간적인 가속과 힘의 배분이 모두 페르노크와 흡사했다.

'자신이 죽인 자. 지켜보는 자의 모든 것을 똑같이 구사한다.'

끝없이 흡수하여 진화하는 괴물.

시간이 흐를수록 기술이 정밀해져 간다.

한술 더 떠 페르노크가 사용한 마법을 자기 방식대로 조합해서 펼친다.

그 정점은 대검술이다.

마법을 덧씌운 세련된 검술이 페르노크를 폭풍처럼 몰아친다.

'그 영웅의 검술.'

기사왕의 기억이 자극받는다.

검에 있어서 결코 밀리지 말라고 외치는 듯하여, 페르노크가 아티펙트를 맞부딪쳤다.

진동이 손목을 타고 심장에 전해진다.

그 순간 아티펙트에서 뿌연 빛이 흘러나왔다.

페르노크가 씨익 웃었다.

한계를 넘어선 페르노크에 맞춰 더 퍼스트 또한 온전한 첫 번째 진화를 이룩한다.

우우우우웅!

무덤에서 깨어난 더 퍼스트는 강제적으로 첫 진화 절차를 밟았다.

하지만 오버 임팩트 발동에 필요한 최소한의 요건만 갖췄을 뿐, 진실한 의미의 진화라 부르기엔 부적절했었다.

페르노크는 오버 임팩트의 성능을 제대로 쓰지 못했음에도 휘청거릴 만큼 나약했었으니까.

하지만 한계를 돌파한 지금, 더 퍼스트는 주인의 진화에 맞춰 세상에 진정한 모습을 드러낸다.

쩌엉-!

둔탁한 껍질을 벗어던지듯이 불필요한 금속을 털어 내니, 강렬함에 소름 돋은 카르고라스가 뒤로 물러났다.

"……?"

무기 자체에서 발하는 저 압도적인 위용은 카르고라스가 생전 처음 경험해 보는 힘의 개방이었다.

대검이 떨린다.

영웅의 기억이 저 광채에 경의를 표하는 것처럼 카르고라스에게 무릎 꿇으라 외치고 있다.

"캬아악!"

카르고라스가 기억에 휘둘리지 않으려는 듯 발악한 순간.

더 퍼스트에서 찬란한 빛이 터져 나와 이곳에 깃든 마기를 흡수하기 시작한다.

첫 번째 진화의 상징.

순환 연동.

지금까지 아티펙트는 충돌한 에너지만을 흡수하여 오버 임팩트로 변환시켰다.

하지만 순환 연동은 대기 중에 섞인 모든 힘을 끌어모은다.

그것이 사악하건 성스럽건 전혀 구애받지 않는다.

사방의 모든 것을 흡수하여 하나의 에너지로 정제시켜 응축한다.

그리고 내부에서 계속 순환시켜 위력을 증폭해 나간다.

아티펙트 위에 군림하는 왕의 검.

더 퍼스트의 진화를 이룩한 소유자가 지켜야 할 규칙은 단 하나.

'순환 연동에서 이어진 오버 임팩트의 진화를 견딜 육체를 소유할 것.'

기사왕은 순환 연동의 오버 임팩트를 터트리고 사경을 헤맸었다.

검은 준비되지 않은 자가 휘둘렀을 때, 마땅한 책임을 지게 만드는 제왕의 권위가 깃들어 있었다.

하지만 페르노크는 그에 합당한 육신을 이룩했다.

채워지지 않는 갈증을 해소시키려는 듯 페르노크가 두

손으로 아티펙트를 붙잡아 가슴 앞에 들어 올렸다.

마도술을 이루던 마력과 그에 반발하던 카르고라스의 마기까지 모두 대검에 빨려 들어와 하나의 섬광으로 번뜩인다.

오직 하나의 궁극만을 추구하는 아티펙트의 왕이 거짓된 검을 향해 포효한다.

오버 임팩트.

사선으로 베어 올린 섬광은 어떠한 소리조차 없이 카르고라스에게 향했다.

카르고라스가 천지를 뒤덮는 섬광에 발악하며 대검을 내리찍자, 농축된 마기의 파동이 초승달처럼 휘어져 날아왔다.

콰아아아……!

그러나 섬광은 초승달을 삼키고 검은색을 먹으며 소리를 지웠다.

세상을 온화하게 품는 빛이 카르고라스를 감싸 안았다.

……아아아아!

멀어졌던 소리가 다시 들려오고, 카르고라스는 온몸이 녹아내리는 극심한 고통에 시달렸다.

'죽을 수 없어. 나는 다시 이 땅에…….'

카르고라스는 세이트를 지웠다.

지프를 버리고 상상할 수 있는 가장 강한 자를 떠올렸다.

공허한 눈동자에서 영력이 흘러나와 카르고라스를 감싸 안으니.

그것은 오버 임팩트가 발하는 빛을 새까맣게 물들이며 새로운 이상향으로 도약했다.

"뿌리 내릴 것이다!"

페르노크의 모습이었다.

마력 대신 마기를 마력강체술처럼 두르고 똑같은 아티펙트를 복사하여 새까만 오버 임팩트를 터트렸다.

콰아아아앙!

빛과 빛이 충돌하여 소멸했다. 그리고 카르고라스는 웃었다.

"아…… 아아아……!"

이전의 모든 자들을 합쳐도 페르노크가 가져다주는 기억의 환희가 지친 육신에 활력을 불어넣는 듯했다.

누구에게도 질 것 같지 않았다.

눈을 깜빡일 때마다 새롭게 추가되는 기억들과 산맥의 마기가 합쳐진다면 세상에 두려울 것이 없다.

"이것도 따라 해 봐."

카르고라스가 고개를 들어 올렸다.

어느새 허공에 떠오른 페르노크가 한쪽 손에 기이한 힘을 끌어 모으고 있었다.

영력.

머릿속에 한 줄기 지식이 스쳐 지나간 순간, 카르고라

스는 똑같은 자세를 취하고 있었다.

영법 – 천벌.

하늘에서 새하얀 낙뢰가 신이 노하듯 지상에 몰아친다.

카르고라스는 마기로 이를 흉내 내려 했으나 실패했다.

분명 영력의 존재를 알고, 영법의 활용법을 알지만, 똑같은 힘을 구현하는 건 불가능했다.

"왜……?"

콰아아아아앙!

천벌이 카르고라스의 온몸을 집어삼켰다.

임계점을 돌파한 영력은 카르고라스가 지닌 모든 뿌리를 불사르려 했다.

이대론 부족하다.

심장이 부서질 위기에 도달한 순간, 공허한 눈동자의 유혹이 머릿속에 울려 퍼진다.

저자의 모든 것을 가져야 한다.

카르고라스는 무엇으로도 변할 수 있다.

세상 모든 파장에 자신을 맞출 수 있다.

이 피와 마기에 잠재된 종족의 본능은 바로 이 순간을
위해 존재한다.

공허한 눈동자의 영력이 흘러나와 천벌에 얽혀든다.

'나는 될 것이다.'

이윽고 두 개의 영력이 현실에서 끈적거리며 녹아들게
되니.

카르고라스가 벅차오르는 환희에 광소를 터트렸다.

네놈처럼.

비로소 공허한 눈동자의 사용법을 깨달았다.

이 생소한 힘의 정체와 다루는 방식은 페르노크의 기억
으로 확실히 파악했다.

영법, 명계, 수많은 절대자들과 초월자들.

수많은 지식이 그를 각성시켰다.

더 높은 곳으로 향하기 위해서 무엇을 해야 하는가.

답은 나와 있다.

이대로 페르노크와 연결되어 그의 혼을 송두리째 빼앗
아 영원불멸하는 것.

공허한 눈동자의 강대한 영력이 마침내 천벌을 넘어 페
르노크를 탐하려 했다.

영력과 영력이 복잡하게 얽혀 하나로 녹아든 순간.

"내 분명 경고했을 텐데."

서늘한 목소리가 머리에 메아리쳤다.

"나를 실망시키지 말라고."

세상이 끝도 없는 하늘로 뒤덮였다.

"한데, 이따위 저열한 방식으로 내 흥을 깨뜨리다니."

그곳은 명계도 하계도 아닌, 무한한 영력의 세계.

[티끌만도 못한 버러지가 감히 내 영혼을 탐하려 하느
냐.]

끝도 없이 펼쳐진 새하얀 공간은 페르노크가 지닌 영혼
의 크기였다.

그곳에 우두커니 선 카르고라스는 작은 점보다도 못한
존재였다.

"……."

어떤 목소리도 허용되지 않았다.

작은 숨소리마저 이곳에선 허락되지 않았다.

무한히 아득하여 공허한 세계에 우뚝 선 자신이 벌레만
도 못한 것 같아서.

비참해져 가는 자신을 인정할 수 없어서 카르고라스가
아래로 손을 내렸다.

이 세계를 구현하는 모든 게 그 영혼의 영력이라면 공
허한 눈동자가 흡수하지 못할 이유가 없다.

[아서라.]

불과 1초.
어쩌면 그보다 짧은 시간.
영력에 손을 뻗자마자 카르고라스는 쓰러졌다.
일부만 빨아들였는데도 공허한 눈동자가 감당하지 못했다.
온몸이 으스러질 것만 같아서 본능이 흡수를 멈췄다. 그리고 무기력해졌다.
이 방대한 세계에서 아무것도 못 하는 스스로에게 절망감이 들었다.

[그 물건을 부수고 싶지 않으니.]

목소리가 가까이서 들려온다. 하지만 그 모습조차 구경하지 못한다.
이것은 격 혹은 위업이라고 불리는 경계.
카르고라스는 고개를 들어 올리지 못했다.
발치 앞에 드리운 그림자가 손가락을 뻗는 장면만이 그에게 허락된 마지막 모습.

[그 안에 깃든 삿된 의지만 제거해야겠군.]

손가락이 아래로 향한다.

아주 느긋하게 천천히, 밑바닥에 떨어진 그 순간.

카르고라스의 혼이 소멸되었다.

* * *

혼과 혼이 접촉할 땐, 더 상위의 격을 가진 자가 심상을 구현하여 지배한다.

명계에서는 이 크기와 위업으로 진정한 강자가 누구인지 판가름한다.

군주들조차 10분을 버티지 못하는 곳에서 감히 카르고라스 따위가 발 디딜 곳은 없었다.

페르노크가 천천히 눈을 떴다.

카르고라스는 손을 뻗는 자세 그대로 굳어 있었다.

혼이 사라진 육체에서 공허한 눈동자만 쏙 빼내자, 먼지로 화해 사라졌다.

페르노크가 공허한 눈동자를 손에 움켜쥐고 영력을 흘려보냈다.

아무런 반응도 보이지 않는다.

카르고라스를 유혹하던 눈동자의 삿된 의지가 페르노크의 영력과 접촉하여 무참히 깨져 나갔다.

비록 이 안에 담긴 영력도 정화 과정에서 대부분 사라졌으나, 남겨진 영력과 마력만으로도 페르노크의 그릇을 채우긴 충분했다.

동화율 - 40%

지프도, 카르고라스도, 친위대도, 근위 기사단도 모두 사라진 그 자리.

페르노크는 홀로 서서 환희에 가득 찬 웃음을 터트렸다.

* * *

태양이 떠올라 어둠을 씻어 냈다.

어제의 격렬한 전투를 상징하듯, 곳곳에 마물의 잔해가 수두룩했다.

보든이 핏발 선 눈으로 전장을 둘러보았다.

산맥은 이상하리만치 고요했고, 마물도 재생하지 않았다.

그래서 더 잘 보였는지도 모른다.

"백작님!"

"나도 보고 있네!"

한 사람이 산책이라도 나온 것처럼 전장을 가볍게 가로지른다.

넝마가 된 옷을 걸쳤음에도 조금의 흔들림을 보이지 않는 사내.

어느새 성벽의 병사들이 모두 숨죽여 그를 주시하고 있다.

그가 외쳤다.

"산맥의 주인은 나, 페르노크가 죽였다!"

성을 넘어 더 먼 곳까지 울려 퍼지도록 페르노크가 힘껏 외쳤다.

"승전고를 울려라!"

* * *

병사가 성내 중앙 구역으로 달렸다.

수많은 마물의 사체가 산처럼 쌓여 있는 곳.

네임드와 기사단이 거친 숨을 몰아쉬고 있다.

"페르노크 길드장님께서 산맥의 주인을 죽였다고 합니다!"

누가 먼저랄 것도 없이 고개를 돌렸다.

병사가 환하게 웃으며 외쳤다.

"산맥이 안정되었고, 마물은 더 이상 재생하지 않습니다! 우리가 이겼습니다! 이겼다고요!"

"아아……."

그 순간, 모두 그 자리에 주저앉았다.

체통을 중시하는 기사단도 바닥이 피로 얼룩져 있음을 신경 쓰지 않았다.

아침까지 이어진 사투에 어지러웠던 머리가 긴장의 끈

을 놓으니 몸이 확 풀린다.

엔리와 살리오가 바닥에 몸을 뉘었다.

할람과 다른 길드원들도 그대로 퍼졌다.

그들은 고개만 돌려 서로를 보았다.

"크하하하하하하!"

"호호호호호!"

무어라 형용할 수 없는 기분에 웃음만 터져 나왔다.

기사단장도 곁에서 웃고는 살리오에게 물었다.

"안으로 들어가겠나?"

"아니."

살리오는 하늘을 보았다.

언제나 일상과 함께했던 햇살이 지독한 구름을 뚫고 다시 찬란한 빛을 이 땅에 내리쬔다.

따스하다는 것의 소중함을 절실히 깨달았다.

"날이 좋군."

"더럽게 좋네."

엔리가 씨익 웃으며 맞장구치고는 그대로 눈을 감았다.

전선에 나가 상위 마물을 쓰러트리고 다시 이곳까지 귀환하여 성내를 수습하는 동안 마력도 체력도 한계를 넘어섰다.

이젠 때려죽여도 못 움직인다.

"길드장님께 보고는 잠시 기다려 달라고 전해 주시오."

"알겠네."

살리오가 조용히 눈을 감았다.

기사단이 성벽으로 향했고 중앙 구역엔 고요한 숨소리만 흘러나왔다.

* * *

보든은 두 팔 벌려 페르노크를 맞이했다.

"무사해서 다행이네! 어쩌자고 산맥에 혼자 올라가려 했나!"

"전장을 수습하기 위해선 산맥을 공략해야 했으니까. 어쩔 수 없는 선택이었지."

"고맙네. 덕분에 성을 지킬 수 있었네."

보든이 페르노크의 손을 양손으로 힘껏 붙잡았다.

눈물이라도 흘릴 것 같아서 페르노크가 슬그머니 손을 빼냈다.

"주인의 사체는 어디 있나?"

"여유를 둘 수가 없었어. 형체조차 남기지 않고 부숴 버렸지."

"잘했네. 후환은 남겨 둬선 안 되고말고."

카르고라스가 죽었음에도 산맥의 마기는 여전하다.

우려했던 일들이 말끔히 해결되자 보든은 그제야 긴장의 끈을 놓았다.

"다행이군. 한데, 지프 후작은?"

"내가 갔을 땐 죽어 있었어. 기사단도 친위대와 공멸했다."

"그럼 지프 후작의 도움 없이 괴물을 죽인 건가?"

"운이 좋았지. 상당히 피폐해진 상태였거든. 마무리만 가한 정도야."

"쉽지 않은 일이었는데, 정말 고생 많았네. 지프 후작과 기사단은 시신을 남겼나?"

"병사를 보내도록 해. 이제 더 이상 마물은 지상을 침범하지 못할 테니까."

보든이 고개를 끄덕이며 병사를 불렀다.

페르노크는 발투스에게 돌아섰다.

"마물 소재가 썩기 전에 가용할 수 있는 병력을 모두 파견해."

"허허, 저걸 다?"

"전리품은 챙겨야지. 하지만 한꺼번에 많은 양을 가공해서 팔진 않을 거야. 적당한 수량만 시장에 풀리도록 잘 조치해 둬."

"뒤처리가 쉽지 않겠군. 하지만 다들 추가 수당이면 마다하지 않을 걸세."

발투스는 협회의 일꾼들을 모조리 불러 모았다.

그리고 보든에게 병사 수십 명을 얻어 함께 전장을 정리해 나갔다.

페르노크는 초췌한 얼굴로 성벽에 기대 있는 자드와 조

디악을 바라보았다.

"수성에 최선을 다했다고 들었다. 추가 보수로 마물의 소재를 줄까 하는데, 원하는 게 있나?"

"염병…… 보기만 해도 구역질이 나올 것 같네."

자드가 몸서리쳤다.

지천으로 널린 마물의 소재만 봐도 속에서 신물이 올라올 것 같았다.

"하하, 신경 써 줘서 고맙군. 우리 애들도 고생했으니, 상위 마물 소재 몇 개만 챙겨 가도 되겠나?"

"얼마든지."

"아저씨, 내 것도 좀 챙겨 줘."

조디악이 어처구니없다는 시선으로 자드를 보았다.

"싫다며?"

"누가 싫댔어. 직접 만지는 게 토 나온다고 했지."

"이것 보게. 너 나한테 뭐 맡겨 놨냐? 뭐가 이리 당당해."

"내가 아저씨한테 달라붙은 마물 떼를 불로 지져 줬잖수. 거, 쩨쩨하게 굴지 말고 동료애 좀 발휘합시다."

"어휴, 이 징그러운 놈."

"난 좀 자야겠수. 아저씨도 눈 좀 붙이쇼."

자드가 조용히 눈을 감고 코를 골기 시작했다.

조디악은 황당한 표정을 지으면서도 거절하진 않았다.

"이해하게. 원체 제멋대로 사는 놈이라. 그래도 열심히

했어. 마력 중독 증상 걸렸는데 피를 토하면서 마력포를 발동시키더라니까."

"추가 보수에 더 원하는 게 있나?"

"하하하, 삭막하군. 그래도 함께 역경을 헤친 사이인데."

"말뿐인 위로는 연회에서 얼마든지 해 주지. 하지만 너희들은 보수를 바라고 오지 않았나. 보든이나 발투스보다 너희 둘을 우선해서 챙겨 주고 싶군."

"말만이라도 고맙네. 그럼 상위 소재 가공도 부탁하지. 길드원들이 입을 갑옷이나 견갑류 정도면 좋겠군."

"성을 수습하는 대로 준비하지."

"그리고 한 가지 궁금한데, 그 괴물 놈 자네가 죽였다면서?"

페르노크가 고개를 끄덕였다.

"얼핏 듣기론 지프 후작도 죽은 상태였다는데, 그럼 자네 혼자 마도사가 죽이지 못한 괴물을 죽였다?"

"무슨 말이 하고 싶지?"

"자네 마도사에 이르렀나?"

페르노크가 피식 웃었다.

"글쎄. 그게 중요한 일이야?"

"아니, 개인적인 궁금증이었어. 자드와 나도 따로 이곳에서 할 일이 있었거든."

"필요한 지원은 리오에게 요청하도록."

"신경 써 줘서 고맙군."

웃으며 휴식하려던 조디악이 무언가 떠올린 듯 급하게
말했다.

"아! 그러고 보니 자네 참모 말이야. 서쪽으로 별동대
이끌고 나갔어."

"리오가?"

"룽겐을 지원해야 한다고 했었지, 아마."

페르노크가 다시 보든에게 달려가 상황을 물었다.

그리고 수천 마리의 마물이 룽겐을 포위했다는 이야기
를 듣고선, 지체하지 않고 서쪽으로 달렸다.

하지만 얼마 지나지 않아 길 한복판에 멈춰 섰다.

멀리서 룽겐의 깃발이 휘날리고 있었기 때문이다.

"페르노크 님?"

리오가 말에서 내려 다가왔다.

"무사하셨습니까!"

페르노크가 룽겐의 병사들과 병기를 힐끗 살피곤 리오
를 책망했다.

"어쩌자고 적진 한복판에 들어가."

"기사단은 성내 수호로 정신이 없었고, 룽겐의 경로를
아는 사람은 저뿐이어서 뭐라도 해야 했습니다. 한데, 성
은 어찌 되었습니까?"

"수습했다. 이제 산맥의 주인은 우리야."

리오가 환하게 웃었다.

"반가운 소식이군요. 제가 페르노크 님께 드릴 말씀만큼이나요."

"음?"

"저희들만으론 룽겐을 지켜 낼 수 없었습니다. 귀인이 찾아와 은혜를 베풀어 주시더군요."

"귀인?"

"그분이 전해 달라고 하셨습니다."

리오가 웃으며 말했다.

"내기는 페르노크 님의 승리라고요."

눈을 깜빡이던 페르노크가 이내 루인을 떠올리며 크게 웃었다.

"하하하하하하하! 성을 수습하는 대로 루인을 불러들여야겠군."

"눈동자는 확보하셨습니까?"

"아주 깨끗하게 다듬어 놨다."

리오와 페르노크가 마주 보며 웃었다.

"이제 다음 단계로 향한다."

* * *

전장은 빠르게 수습되었다.

성의 지원군들이 합류하여 마물의 사체를 치우고 부상자들의 치료를 도왔다.

일부는 산맥의 결계석을 다시 세워 마물이 범람하지 않
도록 예의 주시했다.

더 이상의 위험이 감지되지 않을 때, 백성들이 다시 성
으로 돌아왔다.

각 성에서 우수한 목공과 대장장이들이 찾아와 백성들
의 터전을 복구하기 시작했다.

언제 전쟁이 있었냐는 듯 성은 활기를 되찾았다.

희생자들을 애도하는 추모식이 끝나고 성은 승전을 알
리는 축제를 열었다.

"페르노크! 페르노크!"

"보든 백작님이시다!"

"네임드야!"

수많은 영웅들이 거론되었지만 주로 페르노크를 환호
하는 목소리가 컸다.

젊은 나이에 7레벨 마법사에 올라 A급 길드 3개를 통
합하고 이젠 산맥의 주인까지 죽인, 산맥의 진정한 지배
자.

다른 A급 길드장들인 자드와 조디악까지 네임드와 함
께했다는 사실이 알려지면서 페르노크의 위용은 하늘을
찌를 듯했다.

이에 보답하듯 페르노크는 이번 전쟁의 전리품을 풀어
성의 모든 사람들에게 사흘 동안 술과 고기를 베풀었다.

내성에서 불이 꺼지지 않는 성내를 내려다보는 보든의

기분 또한 잔뜩 달아올랐다.

"앓던 이가 쏙 빠진 기분이야. 하하하하!"

페르노크의 영웅담만큼이나 보든을 추앙하는 목소리도 널리 울려 퍼지고 있었다.

누구도 신임 영주가 이런 전과를 올렸다는 사실을 믿지 않을 것이다.

"이제 내 노후는 왕실에서 보장해 주겠군."

"축하드립니다, 백작님."

"발투스 협회장도 좋은 소식이 있지 않소?"

보든의 은근한 물음에 발투스가 고개를 끄덕였다.

"본부에 한자리 얻을 것 같습니다."

"하하하, 축하드리오."

"감사합니다. 자네에게도 고맙단 말을 하고 싶군."

페르노크가 와인을 기울이며 피식 웃었다.

"각자 원하는 것을 쥐여 주겠다고 약속하지 않았나."

"수도에서도 네임드를 위한 일이 있다면 아낌없이 지원하겠네."

"우리 성도 네임드를 위해 든든한 버팀목이 되어 주지. 하하하하!"

발투스와 보든이 내민 잔을 페르노크가 부딪혔다.

짤랑거리며 넘치는 술을 나눠 먹자, 얼큰히 취기가 달아오른 보든이 말했다.

"그러고 보니 조만간 왕실에서 사람을 보낸다고 하더군."

발투스가 물었다.

"협회는 본부에서 사람 몇 명 파견하는 걸로 이곳 상황을 정리하고 했습니다. 한데, 왕실은 왜……?"

"나도 잘 모르겠네. 지프의 죽음이 나라에 큰 손실인 것은 맞으나, 그 터무니없는 행위가 그의 오만함에서 비롯되었음을 구구절절 설명했어. 심지어 산맥도 정상적이지 않나."

"조사단장으로 누가 임명되었다고 합니까?"

"왕족 중의 한 사람이라고 들었네. 지프의 파벌인 1왕자 측으로 예상되지만, 아직 확실한 정보는 없어. 그리고 누가 임명되었어도 상관없네. 우리가 책잡힐 일은 전혀 없으니까."

보든은 이번 사태의 원인을 모두 지프에게 덮어씌웠다.

산맥의 주인이 지상에 내려와 활개를 칠 상황임에도 지프가 국익을 위한다며 어설픈 지시만 내리다가 상황이 악화되었다고 말이다.

하지만 자신들이 잘 틀어막은 덕분에 최악을 면하고 산맥도 정상적으로 돌려놓았다고 보고했다.

왕은 보든의 노고를 크게 치하하였다.

페르노크와 발투스에게도 큰 선물을 주겠다고 약조했다.

"그냥 알고만 있게. 간단히 조사만 하고 돌아갈 것 같으니, 혹시라도 지프처럼 강하게 나온다면 모르쇠로 일관하게."

"하하, 알겠습니다. 적당히 입을 맞춰 두겠습니다."

페르노크가 잔을 내려놓았다.

"리오와 긴히 상의해야 할 것 같으니 먼저 가 보겠어."

"에이, 걱정할 필요 없대두. 이 좋은 날 더 취해 보세나."

"처리할 일도 있으니 이쯤에서 물러가지."

"거참, 야박하게. 알겠네. 내일 다시 진하게 한잔하세나."

보든과 발투스가 손까지 흔들며 페르노크를 배웅했다.

내성을 나선 페르노크는 집무실로 돌아갔다.

잠시 후, 리오가 들어왔다.

"말씀하신 왕실 동향 보고서입니다."

리오가 두툼한 보고서를 내려놓았다.

페르노크가 빠르게 훑으며 물었다.

"조사단이 파견된다더군. 단장으로 1왕자를 내정했다던데."

"2왕자입니다."

"보든의 예측과 다르군."

"백작은 추측만 할 뿐입니다. 이미 정리된 일엔 관심 없죠. 1왕자에서 2왕자로 바뀐 건, 제가 오늘 낮에 확인한 사실입니다."

"2왕자는 어떤 부류지?"

"왕이 되고 싶어 근질거리는 책사형의 인간이죠."

페르노크가 피식 웃었다.

지프를 휘하에 둔 1왕자를 대신하여 산맥과 연고 없는 2왕자가 여기까지 달려오는 이유.

속내가 훤해서 이쪽도 일을 추진하기 편하다.

"고집은 덜했으면 좋겠군. 적어도 말은 통해야 할 테니."

"정말 추진하실 겁니까?"

"너도 보지 않느냐. 산맥에 허우적거리던 길드원들의 모습을."

리오가 무거운 표정으로 고개를 끄덕였다.

도망칠 수 없는 막다른 곳에서, 끝도 없는 인해전술을 한정된 자원으로 막아야 했던 성의 모습.

"고작 산맥 하나였다. 예상치 못한 루인의 도움이 아니었다면 너흰 모두 죽었어."

냉정한 말에 리오는 수긍했다.

루인이 없었더라면 최후에 살아남는 사람은 주인을 죽인 페르노크뿐이었을 것이다.

"나는 일루미나와 싸워 승리하고 그곳에 내 소망을 담은 나라를 세울 거다. 한데, 나 혼자 살아남아서 무슨 의미가 있지? 지지할 세력 하나 없는 개인은 그저 강자로 기억될 뿐이다."

하여, 페르노크는 근본적인 문제를 다시 되짚었다.

"우리의 적은 국가다. 심지어 산맥처럼 다른 성의 지원을 받을 수 있는 상황도 아니지. 단기간에 이 이상으로 실력을 상승시키는 건 터무니없는 공상에 불과해. 2년 남짓한 시간 동안 세력을 급속도로 확장시킬 방법은 하나뿐이다."

"어느 곳에도 소속되지 않은 제3의 세력을 확보한다."

보고서 말미에 적힌 수많은 사람들의 내역.

그건 자드와 조디악을 포함한 모든 A급 길드의 정보였다.

"이 땅의 모든 A급 길드를 통합한다."

양질의 실력을 모두 갖춘 백전노장들을 포섭한다.

그 말은 곧.

"우리는 S급 길드가 된다."

방랑자들을 모두 통솔하는 절대적인 위치.

고착화되어 가는 세력 판도를 뒤흔들어 버릴 제3세력의 선언이었다.

6장. **혼돈의 르젠**

혼돈의 르젠

자드는 용병들의 쉼터라고 불리는 주점 안으로 들어갔다.

먼저 모인 네 사람이 맥주를 마시고 있었다.

"목구멍으로 맥주가 넘어가냐?"

자드가 원형 테이블에 앉자마자 퉁명스럽게 쏘아붙였다.

엔리가 소시지를 질겅질겅 씹어 먹으며 자드를 노려보았다.

"술맛 떨어지게 뭔 시답잖은 소리야."

"조사단이 온단다. 그것도 왕족이 직접."

"으응. 그렇구나."

"이게 농담처럼 들리냐?"

"우리가 죄지었어? 뭐가 걱정이야."

"없는 죄도 만들어 내는 놈들이 떼로 몰려온다고. 이게 무슨 뜻인지 모르겠어?"

"나 알딸딸하니까 알아듣기 쉽게 설명해."

"너희 길드 덩치가 너무 커졌다는 뜻이다."

조디악이 덧붙였다.

"아마, 이번 일과 관계없이 네임드를 주시하고 필요하다면 압박도 가할 거다."

살리오가 맥주잔을 내려놓았다.

"뭔가 알고 있나?"

"사냥개가 목줄을 풀어 버리려 하니, 걱정되는 거겠지."

"사냥개라……."

"너희들은 지금까지 산맥을 벗어난 적이 없어. 소재를 갖다 바치는 정도라고 모두 생각했었지. 그런데 삼자연합을 체결하면서 급속도로 세력이 불어났고, 산맥의 주인까지 죽여 버렸다. 과연 그들이 넘치는 힘을 가진 길드가 산맥 안에 갇혀 있을 거로 생각할까?"

"과한 생각이야. 어차피 우린 A급 길드에 불과해."

길드의 최고 등급은 S다.

하지만 개인 최고 등급 흑급을 달성한 사람도 S급 길드장이 되진 못했다.

대부분 A급 길드에서 끝나도록 선을 그어 버린다.

수백에 달하는 산하길드를 가진 곳이 자칫 성을 집어삼킬지도 모른다는 우려 때문이었다.

하여, 나라는 용병 등급에 제한을 두기 시작했다.

A급이란 성에서 기사단을 파견해 쓸어버릴 수 있는 한 계선이었다.

"이번 산맥만 봐도 알지 않나. 성의 지원이 없었다면 우린 이곳에서 술 한 잔 마시지도 못했을 거야."

"다른 사람들은 그렇게 생각하지 않아. 그들은 숫자로 판단할 뿐이지."

네임드 길드의 구성원은 수백을 넘는다.

대부분이 마법사이며 부길드장 둘은 6레벨이고 길드장은 7레벨이다.

"심지어 너희들은 산맥 정상을 정복했어. 지프와 왕실 기사단의 협조가 있건 뭐건, 결과적으로 봤을 때 자네들의 힘은 웬만한 기사단 이상이라는 거야."

"용병에게 허용할 수 있는 전력의 마지노선을 넘어섰다는 건가?"

"외부에선 그렇게 보이지. 자칫, 너희들이 폭주하진 않을까 우려하고 있어."

"그래서 왕실에서 조사단을 파견한다는 건가."

"협회도 눈치만 보고 있는 실정이야."

살리오가 피식 웃었다.

"산맥을 정복한 게 그렇게 컸나?"

"그 파장은 이제 르젠을 벗어나 세계에 울려 퍼지겠지. 그리고 모두가 알 거야. 페르노크 길드장은 절대 산맥에만 머무르지 않을 거라고."

할람이 입가의 맥주 거품을 손등으로 훑으며 물었다.

"그래서 하고 싶은 말이 뭡니까? 우리 보고 산맥에 계속 눌러앉아 있으라고?"

"아니, 더 튼튼한 동아줄을 붙잡으란 뜻이네."

엔리가 맥주잔을 쾅 소리가 나도록 내려놓았다.

"이제 보니 이거, 다른 꿍꿍이속이 있었네?"

조디악은 부정하지 않고 조용히 미소 지었다.

"A급 길드들은 한계를 넓히기 위해 결국 여러 세력과 손을 잡지. 그래야만 자신들의 전력이 나라를 위해 봉사한다는 안도감을 심어 주기 때문이야. 너희들 말고는 모두 방향을 정했어. 왕위 쟁탈전이 심화되는 르젠 왕국에 각자의 세력들과 전속 계약을 체결했지."

"미쳤어? 전속? 국가와!?"

"산맥을 벗어나면 느낄 거야. A급이란 타이틀이 우물 안에 갇힌 개구리만도 못하다는 사실을."

"그래서 당신은 어디 붙었는데?"

"우린 4왕자 쪽에 합류했지."

우리라는 말에 다들 자드에게 시선을 돌렸다.

자드가 쓰게 입맛을 다셨다.

"조디악 말이 맞아. 산하길드를 더 늘리려고 하다가 사방에서 압박이 오더라고. 그 이상 세력을 늘리면 성에서도 어떤 조치가 가해질지 모른다나……."

"야, 너 웃긴다. 의리 때문에 달려왔다며?"

"……그 ……어쩔 수 없었다, 엔리. 너라도 이랬을 거야."

"내가?"

"너도 욕심 많잖아. A급 길드가 끝이라고 한계를 그어 놓고 활동하라 그러면 기분 좋게 돌아다닐 수 있어?"

"아니, 그건……."

"거봐, 이게 대세야. 우리에게 허용된 범위를 넘어서기 위해선 결국 윗줄과 손을 잡는 수밖에 없다니까."

살리오가 무심한 눈으로 자드와 조디악을 보았다.

"이제야 이해되는군. 보상이 아무리 좋아도 십주회가 기피한 의뢰를 수락한 이유. 우릴 포섭하고 싶었던 건가."

조디악이 고개를 끄덕였다.

"4왕자는 우리에게 용병을 상하 관계가 아닌 동등한 관계로 끌어올리겠다고 약속했다. 그 말을 전부 믿는 건 아니지만, 적어도 왕자는 S급 용병단이 창설될 수 있도록 도와주겠다고 했지."

"4왕자가 감당할 수준이 아닐 텐데."

"야심이 많아. 다른 왕족들보다 신의가 두텁지. 궁금하면 찾아봐. 지금 성 하나를 맡아 백성들의 지지를 받고 있으니, 너희도 마음에 들 거다."

살리오가 고개를 저었다.

"미안하게 됐군. 난 길드장을 버릴 생각이 없어. 다른 사람들도 같은 생각이다."

엔리와 할람이 고개를 끄덕였다. 자드와 조디악은 탄식을 흘렸다.

"이건 새싹 밟기와 차원이 달라. 나라에서 너희를 칼든 강도라고 지목하는 순간, 집중포화를 당할 거야. 그걸 페르노크가 감당할 수 있을 거 같아?"

"그건 그때 가서 생각하지."

그때까지 르젠 왕국에 있을지 의문이라는 말을 살리오가 목구멍에 삼켰다.

A급 길드가 귀족들에게 사냥개 취급을 당한다는 사실을 누구보다 잘 알고 있다.

이들이 4왕자와 한배를 탔듯이, 그들은 페르노크라는 가능성에 목숨을 걸었다.

'4왕자는 열정적이지만 능력이 부족하고 꿈이 많은 공상가라고 들었지.'

난세에 가장 중요한 덕목은 무력이다.

올바른 이상향만 추구해선 모두를 이끌지 못한다.

조디악과 자드가 탑승한 배는 머지않아 침몰한다.

'리더는 결과로 증명해야 한다. 페르노크는 과정마저 뜻대로 움직인다.'

지프와 왕실기사단의 이름이 어느새 오르내리지 않는다.

이곳엔 온통 페르노크를 찬양하는 사람들의 환호가 가득하다.

명분을 쥐고 펴는 힘.

이것만 있어도 절반은 먹고 들어간다.

하물며 페르노크는 불과 열아홉에 7레벨 마법사다.

그리고 경험 많은 용병들보다 훨씬 능숙하게 전장을 지휘했다.

4왕자라는 동아줄과는 비교를 불허하는 타고난 왕의 자질이다.

'나도 용병으로 끝낼 생각 없어.'

살리오와 엔리, 할람의 결심은 굳건했다.

일찍이 A급 길드의 한계를 알고 있던 세 사람은 페르노크와 함께하는 것에 후회를 두지 않았다.

"페르노크가 우리와 함께한다면 자네들도 뜻을 모아 주겠나?"

"불가능해."

"글쎄, 그건 모르는 일이지."

자드가 창밖으로 시선을 돌렸다.

"조사단이 단단히 이를 갈고 나왔어."

대로가 웅성거리고 있다.

협회와 왕국의 깃발을 나란히 달고 수많은 무리가 걸어오고 있다.

그중 하나의 깃발이 눈에 띈다.

"너희들도 선택해야 할 거야."

르젠 왕국의 직계 혈족.

왕족을 상징하는 문장이 박혀 있었다.

* * *

합동조사단의 단장은 리오가 추측한 2왕자였다.

"르젠 왕국의 2왕자 살라반. 그리고 여기는 저를 보좌할 이반 남작입니다."

아랫사람임에도 하대하는 법 없이 온화한 미소를 짓는 금발의 남성을 보든이 당황스러운 눈으로 바라보았다.

1왕자가 직접 올 거라는 예상이 헝클어졌다.

오히려 2왕자가 1왕자의 심복인 이반을 함께 데리고 온 상황이 혼란스러웠다.

어울리지 않는 조합에 어떻게 대처해야 할지 난감했다.

'분명 지프 후작의 사인을 물어볼 거야. 살라반은 그냥 넘어가겠지만 이반은 아주 죽일 듯이 물고 늘어지겠지.'

이반의 눈초리가 사나웠다.

말문이 트인 순간 이쪽을 잡아먹겠다는 의지로 똘똘 뭉친 듯했다.

'한데, 왜 살라반이지? 1왕자가 직접 오지 않고 심복을 보낸 이유가 뭘까. 그걸 왜 1왕자와 앙숙인 살라반이 용납한 걸까.'

혼란스러워진 탁자를 사이에 두고 페르노만이 묘한 미소를 짓고 있을 뿐이었다.

'좋은 색채를 가지고 있지만 리오보다 못해.'

페르노크는 영혼 구별로 살라반의 재능을 파악했다.

'머리를 조금 굴릴 줄 아는 전형적인 책사. 리오의 보고 대로군.'

그 사람의 됨됨이는 크게 관심을 두지 않았다.

왜 이곳에 물과 기름처럼 섞이지 못할 살라반과 이반이 함께 왔는지 페르노크는 짐작하고 있었으니까.

"왕자님께서 오실 줄 알았다면 더 좋은 자리를 준비해 뒀을 겁니다."

"백작, 저는 오늘 조사단장으로 왔습니다. 격식은 잠시 넣어 두시죠."

"아, 예. 편하게 말씀하십시오."

살라반이 웃으며 물었다.

"보든 백작님, 산맥에 꾸준히 마물이 탄생한다고요?"

"주인이 죽었지만, 산맥은 여전합니다."

"조사단을 파견하고 싶은데 호위를 붙여 주시겠습니까?"

"얼마든지요. 당장 기사단을 부르겠습니다."

"기사단은 성의 수호에 힘써야지요. 저는 정상까지 길을 훤히 꿰고 있는 노련한 사냥꾼들이 필요합니다."

살라반의 시선을 느낀 페르노크가 웃으며 목례했다.

"단장님을 모실 영광을 주셔서 감사합니다. 저희 길드의 우수한 실력자들로 정상까지 안내하겠습니다."

"든든하군요. 소문의 실력을 곁에서 지켜볼 수 있다면 더할 나위 없겠어요."

살라반은 다시 보든에게 고개를 돌렸다.

"백성의 피해 없이, 병력도 사상자가 전무한 수준으로 침공을 막아 낸 것에 대하여 왕실은 보든 백작의 공적을 높이 사고 있습니다."

"감사합니다."

"페르노크 길드장도 마찬가지예요."

"감사합니다."

공손한 두 사람의 태도가 만족스러웠는지 살라반이 고개를 끄덕였다.

"안타까운 희생도 있었지만, 영광스러운 죽음이라고 생각합니다. 하지만 지프 후작의 건은 왕실에서도 좀처럼 쉽게 받아들이기 어렵습니다."

본제가 흘러나오자 보든은 긴장했고 페르노크는 느긋이 답했다.

"산맥의 주인을 격동시키고 전장을 내팽개치며 그것도 모자라 주인에게 죽임을 당한 그것 말씀이십니까?"

"말이 지나치다!"

기다렸다는 듯 이반이 언성을 높였다.

페르노크가 이반을 보았다.

"뭐가 말이죠?"

"지프 후작님께선 왕실의 지엄한 명을 받들어 산맥을

수호하고 이곳의 문제를 바로잡으려 하셨다. 한데, 어찌하여 그 숭고한 죽음을 개인의 부도덕함으로 몰아세워 고인을 욕되게 하는가!"

1왕자의 심복답게 지프를 변호하려는 솜씨가 제법이다.

하지만 현장에서 사투를 헤쳐 나간 증인은 이쪽에 수두룩하다.

감정에 호소하는 이반의 말은 씨알도 먹히지 않았다.

"저는 본 그대로 보고하였고, 보든 백작님께서도 이를 인정하시어 전하께 상소한 줄로 압니다."

"그 사건의 시비를 가리기 위해 이곳에 왔다!"

"무엇을 듣고 싶으신 겁니까?"

"뭐라?"

"이미 사건의 증거와 정황은 명백합니다."

보든이 덧붙였다.

"그렇소, 이반 남작. 나도 직접 보았소. 상위 마물이 성벽에 오르는데, 이를 두고 지프 후작께선 전장과 반대되는 곳으로 가시는 게 아니겠소."

"백작님, 저는 지금 조사단의 일원으로 이 자리에 왔습니다."

"뭐, 말조심하라고? 하하하하하! 이보시오, 이반. 이미 끝난 일을 계속 거론하는 게 과연 공정한 조사단의 업무라 할 수 있소? 그게 진정 전하의 뜻이란 말인가?"

보든의 눈빛이 매서워졌음에도 이반은 물러서지 않았다.

"이번 현장 조사는 모든 사건을 원점에서 재검토하여 공과 벌을 나누기에 적합한지 확인코자 함입니다."

"하나, 그것이 죄인을 향한 변론이 되어서는 안 되지."

"일국의 마도사가 그런 판단을 내렸다는 사실을 왕실의 모두가 납득하리라 생각하십니까?"

"내가 왜 그들의 생각까지 알아야 하나. 이미 이곳에서 숱한 희생을 보았거늘. 지프 후작이 우리와 제대로 합을 맞췄다면 불쌍한 병사들이 죽어 나가진 않았을 거야."

"그 진위 여부를 전면 재검토하겠다는……!"

탁!

탁자에 내려진 찻잔 소리가 사나운 기세를 맑게 내쫓았다.

"진정들 하십시오."

"하지만 단장님……!"

"여기 오기 전, 형님과 한 가지를 약속했네. 자네와 함께 공정하게 조사하라고 말이야."

살라반이 눈웃음을 지었으나 목소리에 뼈가 실렸다.

"고작, 개인의 죽음 하나를 밝히자고 우리가 여기까지 온 줄 착각한다면 나도 형님과의 약속을 잠시 접어 둘 수밖에."

"……."

이반이 새빨갛게 달아오르며 입매를 비틀었다.

살라반은 무엇이 그리도 즐거운지 만면에 미소를 머금고 페르노크를 응시했다.

"미안하군. 추궁하고자 함은 아니었네. 한 나라의 마도사가 허망하게 죽은 사건도 포함해서 이번 현장 조사를 나왔으니, 자네도 이해해 주시게."

페르노크는 속으로 웃음을 감췄다.

'르젠의 가장 큰 일각인 1왕자파를 보기 좋게 물 먹이면서 내 환심을 사려 하는가.'

어째서 반대 파벌의 사람을 이곳에 데려왔는지 너무나 뻔해서 의도를 읽기 쉬웠다.

살라반도 굳이 호의를 감추려 하지 않았다.

'마도사를 죽인 산맥의 주인. 그걸 퇴치한 나. 젊은 나이에 7레벨 마법사에 오르고 훗날 얼마나 더 성장할지 모른다.'

너무나 먹음직스러운 인재 아닌가.

'다른 놈들에게 넘겨주기 싫어서 또 다른 거대 세력의 수장이 직접 찾아왔다.'

적극적이며 머리도 어느 정도 쓸 법한 살라반.

상대가 이쪽을 어떻게든 꿰어 낼 생각이라면 얘기는 단순해진다.

'적당한 놈일수록 호구 잡기 쉽지.'

페르노크가 맛있는 먹잇감을 향해 싱긋 웃었다.

* * *

"단장님께서 원하시는 모든 것들을 협조하겠습니다."

페르노크의 단호한 말에 살라반은 미소로 화답했다.

"오늘 중에 정상을 밟고 싶군요."

"이미 날이 어둡습니다. 그리고 정상까지는 이틀에서 삼일 정도 걸릴 겁니다."

"그럼 내일 바로 움직이죠."

"마물 한복판에서 야영해야 하는데 괜찮으시겠습니까?"

"하하, 내 이래 봬도 어렸을 적부터 곳곳을 돌아다녀 봤습니다. 내일 아침에 떠나는 걸로 알지요."

"준비하겠습니다."

"그럼 현장 조사가 끝나는 대로 모든 상황을 정리하겠습니다. 다들 그리 알고 편히 쉬세요."

살라반이 일어서자 이반과 보든이 뒤를 따랐다.

페르노크는 길드로 돌아와 간부진들을 추려 산맥에 오를 준비를 마쳤다.

* * *

살라반은 겉보기와 달리 가드급의 체력을 자랑했다.

기껏 준비한 가마를 물리고 페르노크 옆을 따라 걸었다.

"이곳이 산맥······ 과연 듣던 대로 흉흉하군."

"처음이십니까?"

"산맥은 아주 어릴 적에 전하를 따라와 본 기억이 있습니다. 하지만 먼발치에서 지켜보다가 그대로 궁에 돌아왔죠."

"편하게 하대하십시오, 단장님."

"산맥을 지켜 준 영웅 아닙니까. 게다가 저는 이곳을 공평하게 바라볼 사람이기도 하니, 격식은 잠시 내려놓지요. 그보다 페르노크 길드장님, 숨이 가빠 오는 데 전혀 지치지 않습니다. 산맥이 마법사를 위험에 빠뜨리는 곳이 맞습니까?"

"마법사들은 정상에 가까워질수록 짙은 마기에 짓눌리고 마력 중독 현상까지 발생하죠. 마력이 없는 일반인은 이 차이를 전혀 느끼지 못합니다."

"호오, 그럼 가드라는 사람들만으로 정상에 오르면 될 일 아닙니까?"

"유감이지만 고도 2000미터만 넘어가도 일반인의 신체 능력을 아득히 뛰어넘는 마물들이 출몰합니다."

"지금은 아무런 위협도 느껴지지 않는군요."

"산맥이 숨 고르기에 들어가서 그렇습니다."

"산이 사람도 아닐진대 호흡을 한답니까?"

"산맥의 주인이 이 산의 마기를 폭주시켰습니다. 그걸 진정시키고 나니, 산은 어느 순간부터 평온해지더군요.

마치 휴식을 취하려는 것처럼요."

간부진들이 느긋하게 호위를 설 수 있는 것도 바로 이런 이유 때문이다.

"상위 마물의 재생성 시간은 보통 한 달로 잡습니다. 하지만 전쟁이 끝난 후 아직도 상위 마물은 재생하지 않습니다."

"그건, 산의 기능에 문제가 발생했다는 뜻으로 봐도 되겠습니까?"

곁에 있던 이반이 귀를 쫑긋 세웠다.

어떻게든 흠을 잡으려는 이반에게 들리도록 페르노크가 힘줘서 외쳤다.

"말씀드렸다시피 산맥이 마기를 정상적으로 순환하는 단계를 거치는 중입니다. 저희 판단으론 한 달 후에 상위 마물도 재생성되어, 예전처럼 산맥에서 사냥이 가능할 듯합니다."

"그럼 지금 용병들은 다 놀고 있습니까?"

"아뇨. 전리품을 가공하느라 정신없습니다."

살라반이 고개를 끄덕였다.

"산업에 문제가 없겠군요."

"혹시나 시장에 문제가 생기지 않도록, 소재 가공은 평소처럼 진행 중입니다."

"그렇죠. 물량이 확 풀려 버리면 가격에 문제가 발생하니까."

"왕국에 진상할 물품은 따로 가공했으니 이 점은 염려하지 마십시오."

"하하, 전하께서 기뻐하실 겁니다. 아주 일 처리가 깔끔하군요. 누구 생각입니까?"

"저희 길드장님입니다, 단장님~."

엔리가 뒤에서 느긋하게 소리치자 살리오가 그 옆구리를 쿡 찌르며 미간을 찌푸렸다.

엔리가 입을 다물고 고개를 돌리며 휘파람을 불기 시작하니, 살라반이 싱긋 웃었다.

"좋은 실력에 인망도 두터워요. 영웅이라 불릴 만합니다, 페르노크 길드장님."

"부끄럽습니다. 제겐 과한 칭호입니다."

"아닙니다. 직접 보니 알겠어요. 이곳에서 페르노크 길드장의 위치와 권한이 어느 정도인지."

의미심장한 말에 페르노크는 미소만 지을 뿐이었다.

살라반이 간부진들을 힐끗 살피곤 다시 정상으로 길을 재촉했다.

상위 마물이 재생성 되지 않아 아주 수월하게 등산했고, 그들은 사흘째가 되던 날 정상에 도착했다.

살라반이 아름다운 풍경에 감탄했다.

"구름 아래는 흉측하기 그지없는데, 정상은 터무니없이 맑고 아름답군요."

"본래 정상에서 산맥의 주인이 마기를 흡수하고 있었

습니다. 하여, 이 정상만큼은 마기가 퍼지지 않는 본연의
아름다움을 지키고 있었죠."

"주인이 사라진 지금은 정상이 혼탁해져야 하는 거 아
닙니까?"

"마기가 더 이상 정상까지 오르지 않더군요. 과하게 산
맥을 움직인 후유증이라고 생각됩니다."

"산업에 지장을 줄 수 있습니까?"

"아뇨. 어차피 이 정상에는 주인 외에 다른 마물들이
없었습니다. 마기가 드리우건 말건, 마물을 사냥할 수 있
는 공간이 아니니 심려치 마십시오."

"고도 9000미터도 마물이 보이지 않던데……."

"그곳의 친위대는 죽어 모래로 흩어질 뿐입니다. 애초
에 소재 자체를 얻기 불가능했죠."

"……그럼 고도 9000미터와 이 정상은 앞으로 어찌 관
리할 겁니까?"

"왕국에서 제게 한 가지 보상을 내린다고 들었습니다.
단장님께서도 허락해 주신다면 이곳에 훈련장을 하나 세
우고 싶습니다."

"그건……."

고민하던 살라반이 고개를 끄덕였다.

"……괜찮군요. 추진토록 전하께 말씀드리겠습니다."

"안 됩니다, 단장님!"

모두 이반에게 시선을 돌렸다.

"용병에게 훈련장이라니요! 사병을 키우도록 허락해선 안 됩니다!"

"사병이라뇨. 단순한 수련 목적입니다."

이반이 페르노크에게 인상을 찌푸렸다.

"수련은 지상에서 해도 되지 않느냐!"

"험준한 산맥에서 마력이 제한되는 극한의 상황을 이용한 수련법은 마법사의 성장을 도와줍니다. 지상보다 몇 배는 더 좋은 환경을 왜 포기해야 합니까?"

"이곳은 르젠의 것이다. 일개 용병단의 사유지가 아니다!"

"원한다면 성의 병사들도 이곳에서 수련시킬 생각입니다."

"뭐?"

"우린 지프 후작의 안일함……."

페르노크가 웃으며 고개를 저었다.

"……아니, 지프 후작께서 산맥의 결계를 보고도 못 본 체하라는 그 지시 때문에 큰 위험에 직면했습니다. 이와 같은 사태가 다시 벌어진다면 스스로 지킬 힘이 필요하지 않겠습니까?"

"어찌 지프 후작의 이름을 여기서 거론하는가!"

"보시다시피 결계가 없음을 이젠 보여드리기 위해서 관계자의 이름을 말씀드린 것뿐입니다. 제가 혹 없는 사실을 얘기했는지요?"

"지프 후작께선 산맥의 정상화를 위해 그리 말씀하셨던 것뿐이야!"

"예. 저도 그것을 알기에 퀘스트를 철회해야만 했습니다. 그리고 문제가 발생해서 사투 끝에 정상을 차지하지 않았습니까."

지프가 페르노크의 퀘스트를 철회하도록 지시한 건, 이미 문서로도 증명된 사실이다.

"위기는 곧 기회라고 했습니다. 저흰 어려운 산을 넘었으니, 마땅히 이곳에서 두 번의 전쟁이 일어나지 않도록 대비하는 편이 옳다고 생각합니다."

"상위 마물을 뚫고 여기까지 오르겠다?"

"성과 힘을 합치겠습니다. 상위 마물의 리젠 시간을 파악해 두면 무리 없이 훈련장에 들어올 수 있죠. 게다가 등산 중에 마물까지 소탕하니 산업도 탄력을 받지 않겠습니까?"

"가공소 하나 없는 이곳에서 무슨……."

"아! 좋은 의견입니다, 부단장님. 여기에 가공소도 설치해 두겠습니다."

이반의 얼굴이 붉게 달아올랐다.

말을 섞을수록 농락당한다는 기분이 들었던 것이다.

두 사람의 대화를 주의 깊게 듣던 살라반이 피식 웃었다.

"실로 어려운 도전이겠지만 저도 한몫 보태도록 하지요."

"단장님!"

"아아, 이반 부단장. 이제 그만 결론 내려도 되지 않겠습니까."

"정녕, 지프 후작이 전쟁을 초래한 원인이라고 보신단 말입니까!"

"증거와 정황이 모두 명백하지 않습니까."

살라반이 부서진 비석을 가리켰다.

"감시망이 잘못되어서 다시 세웠는데도 주인이 내려올 것을 마도사가 모른다는 게 말이 됩니까?"

"……."

"실력 부족으로 치부하기엔, 사태의 위험성을 산맥의 모든 이들이 고했다고 했습니다. 그 사실이 문서로 남아 있죠. 심지어 성벽에서 사투를 벌인 우리 병사들은 하나같이 입을 모아 지프 후작이 다른 곳으로 빠졌다고 했습니다."

"증언을 들으신 겁니까?"

"산맥에 오르기 전에 다 듣고 왔습니다."

"큼, 크흠."

"최대한 지프 후작의 명예를 살리는 쪽으로 얘기를 진행했었습니다만, 이 상황을 보니 도저히 용납하기 어렵군요."

"지프 후작님은 일국의 마도사이십니다."

"마도사였었죠. 지금은 없는, 산맥의 위험을 초래한."

이반이 굳은 표정으로 바라보자 살라반은 미소 지었다.

"더 이상의 조사는 불필요할 듯하군요. 페르노크 길드장과 보든 백작, 발투스 지부장. 그리고 이 전쟁을 승리로 이끈 모든 영웅들의 공을 자세히 적겠습니다."

이반은 아무 소리도 못 하고 주먹만 말아 움켜쥐었다.

살라반이 싱긋 웃으며 페르노크의 어깨를 두드렸다.

"고생했습니다. 왕도의 보고보다 공이 축소된 감이 있으니, 내 이는 면밀히 따져 다시 작성해 올리겠습니다."

"영광입니다, 단장님."

"하하하, 실력과 공에 비해 말이 적고 겸손하니 아주 보기 드문 용병이군요."

"그저 감사할 뿐입니다."

"젊은 사람이 더 큰 물에서 놀아볼 법한데, 혹 전속 계약을 맺진 않았습니까?"

"저흰 산맥을 수습하기도 벅찹니다. 다른 곳에 눈 돌릴 여유는 없습니다."

순간, 살라반의 눈이 반짝였고, 페르노크는 이를 놓치지 않았다.

"영웅에 대한 대접이 소홀해선 안 되겠죠. 산을 내려갑시다. 그리고 한 잔 편하게 걸치자고요."

네임드에 대한 평가가 끝났다.

살라반은 그리 말하는 듯했다.

산을 내려가는 내내 살라반은 네임드의 간부진과도 악수를 나누며 친분을 쌓으려 했다.

　벌써부터 그가 무슨 제안을 건네올지 기대되었다.

* * *

　왕실 조사단이 산맥 정상 조사를 끝냈다.

　고도 9000미터 이상에서 친위대가 나오지 않지만, 그 아래 구간에서 마물들이 계속 생성되는 것을 확인했다.

　살라반은 희생자들을 추모하는 한편, 전쟁을 승리로 이끈 영웅들에게 축하의 메시지를 날렸다.

　[나라의 안녕과 성세를 위해 기꺼이 한목숨을 내건 그대들의 공적을 깊이 치하하는 바이다. 전쟁에 참여한 모든 이들은 협회 지부에서 마땅한 보상을 챙기도록 하거라.]

　공식적인 조사 종결이었다.

　전쟁에 참여한 많은 이들이 금화를 챙겨 돌아갔고, 가장 큰 활약을 선보인 네임드는 살라반이 직접 찾아와 공적을 치하했다.

　"용병들의 뒤풀이가 어떤지 잘 모르겠지만, 오늘은 제가 모두 살 테니 마음껏 취하고 노십시오. 르젠의 미래를 위해 여러분들의 활약을 앞으로도 기대하겠습니다."

"으하하하하! 감사합니다, 왕자님!"

"잘 먹고 놀겠습니다!"

전쟁이 끝난 지 꽤 흐르고 열린 연회였지만, 일국의 왕자가 직접 베풀어 준다는 점이 새롭게 느껴졌다.

이곳에서 용병은 사냥개에 지나지 않았으니까.

산맥 바깥의 권력자가 눈높이를 맞춰 주려는 모습은 네임드에게 신선한 분위기를 안겨 주었다.

눈치 빠른 녀석들은 조용히 술을 홀짝이며 간부진들의 반응만 주시했다.

간부진들은 아무것도 모르는 척, 연회 분위기를 돋우며 길드원들과 놀기 시작했다.

그리고 살라반은 페르노크와 따로 독대했다.

"페르노크 길드장."

"예, 단장님."

"이젠 단장이 아니라 이 나라의 왕자요. 이토록 노골적인데, 그대도 내 심정을 모르진 않겠지. 말 돌리지 않고 물어보겠습니다."

살라반이 페르노크를 응시했다.

"이 땅에 계속 갇혀 지낼 겁니까?"

"제가 어떨 것 같습니까."

되묻는 말이 무례함보단 흥미를 돋운 듯 살라반이 옅은 미소를 머금었다.

"그대는 이곳에 머물기엔 너무 아까운 인재입니다."

"하지만 세상엔 저보다 뛰어난 사람들이 많죠. 그들은 지금 산맥 밖에 자리 잡고 있습니다. 산맥의 안락함을 포기할 만큼 가치가 있는지 전 잘 모르겠습니다."

"왕실 기사단에 소속되는 건 어떻겠습니까?"

페르노크가 피식 웃었다.

"아시지 않습니까. 출신이 비천한 자들을 기사들은 용납하지 않습니다. 지프가 이미 증명했지요."

"올해 새로운 왕실 기사단이 신설될 것이오. 그대와 같은 인재들을 배치하여 처음부터 같이 갈 생각이지요."

"그것은 전하의 직속 부대입니까?"

"그렇습니다."

"길드는 버려야 하고요?"

"대신 지금보다 더한 명예가 뒤따를 것입니다."

"자유를 포기한 대가가 전하의 후원이라면 저는 받지 않겠습니다."

"그게 값싼 대가는 아닐진대?"

"저는 용병단도 가지고 싶습니다."

"분에 넘치는 대가는 오히려 그대의 목을 조를지도 모릅니다."

"해서, A급 용병단의 한계에 걸맞게 이곳에서 지내는 거 아니겠습니까."

페르노크가 운을 띄웠고, 살라반은 영리하게 받아먹었다.

"그럼 내가 그대를 후원하는 건 어떻겠습니까?"

"왕자님께서요?"

살라반의 표정이 한결 느긋해졌다.

페르노크가 확실한 선택지를 주었는데, 눈치채지 못하면 이용해 먹을 가치도 없다.

"라키스 제국의 흑급 용병은 휘하의 용병단을 데려가 후작이 되었습니다. 저라고 못할 것 없지요."

"그 말씀은……."

"A급 용병단의 한계를 제가 풀어드리겠습니다. 또한 그에 걸맞은 작위를 함께 보장하겠습니다."

"……S급 용병단의 탄생을 국가가 허락한단 말입니까?"

"내가 왕이 된다면 못 할 것도 없지요."

광오한 말이지만 가능성이 높아 보였다.

살라반은 르젠의 새로운 왕위를 이어받을 1순위의 세력을 자랑하니까.

페르노크도 알고 있는 사실이다.

그가 얼마만큼의 힘을 가졌는지 이미 리오를 통해 파악했다.

하지만 아직 원하는 말은 나오지 않았다.

"공수표는 남발하지 마십시오, 왕자님."

"하하하하. 그럼 이런 건 어떻습니까?"

지금 당장 너는 무엇을 할 수 있는가.

품평하듯 떠보는 말에 살라반은 확신을 담아 얘기했다.

"저와 전속 계약을 맺는다면 그대가 수천의 용병을 거느린다 해도 나라에서 건들지 못하게 막아드리겠습니다."

"그게 가능합니까?"

"어려울 건 없죠."

인재를 갈망하는 자의 확신이 달콤하게 찾아왔다.

"이 나라의 군부는 제가 통솔합니다."

먹기 좋은 먹잇감이 결국 참지 못하고 페르노크가 가장 원하는 패를 드러냈다.

세력의 확장.

그것을 견제 받지 않게 막아 줄 방패.

'나를 어떻게든 데려가고 싶다는 거냐. 비싼 값을 치러서라도.'

페르노크가 속으로 웃었다.

'안 되지. 이 정도론 너무 대가가 빈약해.'

처음부터 살라반이 네임드를 탐내도록 정상에 오르기까지 빼어난 위용과 상황 처리 능력을 보여 줬다.

거기에 지금 페르노크는 자신의 가치를 너무나 잘 알고 있다.

세력 확장도 결국은 자신이 해야 할 일이다.

그게 가능토록 보장만 해 준다고 해서 단단한 병력을 만들진 못한다.

'그러니 더 많은 것을 토해 내야 할 거다. 나를 적으로

삼고 싶지 않다면.'

살라반이 찾아왔고, 다른 왕자들도 접촉해 온다.

더욱 파격적인 조건을 제시한 자가 페르노크의 간택을 받을 것이다.

"긍정적으로 생각해 보겠습니다."

"생각?"

"저도 마음의 준비라는 것이 필요하지 않겠습니까."

"지금 바깥이 어떤지는 알고 하는 말이지요?"

"굳이 알아야 할까요?"

페르노크가 싱긋 웃었다.

"네임드는 오는 제안을 마다하지 않습니다."

* * *

자신을 앞에 두고 고개를 뻣뻣이 치켜세우는 사람을 오 랜만에 만나 봤음인가.

살라반은 어이없다는 표정이었지만 페르노크를 쏘아붙 이진 않았다.

그럴 만한 자신감이 있다고 판단했기 때문이다.

'예상대로 더 넓은 곳으로 향하려는 욕심이 있어 보인 다. 세력 확장이 필수 요소일 텐데, 이것만으론 부족한 건가.'

상당한 결심을 하고 내뱉은 제안을 페르노크가 고려조

차 안 하는 것 같아 내심 당황하였지만, 살라반은 내색하지 않고 고개를 끄덕였다.

"앞으로 일주일 동안 이곳에 머물 생각입니다. 종종 술자리나 같이하지요."

"영광입니다, 왕자님."

페르노크는 웃었고 살라반은 골치가 아파 왔다.

생각보다 페르노크 영입이 쉽지 않았다.

* * *

페르노크는 협회 앞에 줄을 선 사람들을 내려다보며 피식 웃었다.

그의 제안을 통해 많은 것을 확인할 수 있었다.

왜 이곳에 용병들까지 전부 챙겨 주려 하는지도 말이다.

"살라반은 이곳을 자신의 것으로 만들려 하더군."

페르노크가 제이크를 죽이고 삼자연합을 창설할 때 사용했던 방법과 비슷했다.

사람들의 인망과 명분을 얻어 자신의 이름을 각인시키고 강인한 세력을 심어 버린다.

페르노크와 다른 점은 살라반이 직접 세력을 끌고 오지 않았다는 것.

살라반은 페르노크를 회유해서 그대로 이곳을 흡수할 생각이었다.

"정상의 훈련장을 추진토록 허락해 준 건, 그 때문이겠지."

페르노크가 자신의 편이 될 거란 확신이 있었기 때문이다.

누가 보아도 살라반은 이 나라의 차기 왕권 후보였으니까.

그런 권력자의 권유를 용병이 쉽게 마다할 거라곤 생각하지 못했을 것이다.

"당근 주는 방법을 알아."

"이반 남작을 대할 때 보면 채찍도 만만치 않을 겁니다."

"뭔가 알아낸 게 있나?"

"르젠 왕실 관계도를 파악했습니다. 하지만 정보가 많지 않아 대략적인 윤곽만 확인한 정도고요."

리오가 두툼한 종이 뭉치를 바쳤다.

페르노크가 종이를 빠르게 넘기며 중대한 것들을 파악했다.

"생각보다 더 많은 신진 세력을 끌어안고 가는군."

"인재를 중요시한다는 호의적인 평가가 자자합니다."

"반면에 1왕자는 중진들의 지지를 받고."

"장남이니까요."

"외교에도 능하지. 무려 일루미나 왕국의 1왕자와 돈독한 사이니까."

"저는 그 점이 의아합니다. 왜 르젠의 1왕자는 일루미나의 1왕자와 손을 잡은 걸까요. 정작 르젠의 1왕자는 라키스 제국의 후광을 전혀 받지 못함에도 말이죠."

"누군가가 제안했겠지. 라키스 제국의 힘은 빌리고 싶으나 휘둘리고 싶진 않다. 하여, 우리 둘이 손을 잡고 왕위를 얻는 대로 라키스 제국을 벗어나자."

"그건 일루미나의 1왕자 쪽일 가능성이 높겠지요."

"두 왕자의 관계가 생각보다 끈끈해."

페르노크가 보급이란 단어를 살폈다.

"맞닿은 국경을 통해서 소량의 무기와 식량이 일루미나 쪽으로 반입되는군. 대략, 4년 동안 꾸준히 교류했어."

"일루미나는 새삼 놀라운 나라입니다. 아무리 왕위가 탐난다고 해도, 왕족들 모두가 다른 나라들과 교류하는 걸 공공연하게 거론하다니요. 왕위 쟁탈전에서 패배한다면 그 여파를 어떻게 감당하려고 계속 손을 뻗친단 말입니까."

"그러니 일루미나의 1왕자가 유리한 거야. 세계 최강국을 등에 업고, 대처할 방법까지 마련하면서 외교적 실리를 다지는데, 다른 왕국들이 쉽게 넘보겠어? 내가 귀족이라면 양국의 1왕자를 지지하겠지. 그게 제일 안전하거든."

"루인 님께서 합류하셨지만, 그것만으론 이 굳건한 동맹을 상대하긴 어렵습니다."

페르노크가 정보를 물끄러미 바라보며 물었다.

"엔리가 그러더군. 4왕자 쪽에 자드와 조디악이 붙었다고."

"미련한 선택이죠. 자드와 조디악은 반드시 실패할 겁니다."

그리고 실패한 용병의 말로는 처참한 노예 생활이다.

"알면서도 붙어야 할 뭔가가 4왕자에게 있는 건 아닐까?"

"저마다 숨겨 놓은 한 수야 있겠지요. 그게 판도를 뒤덮을 정도라고 보긴 어렵습니다."

"하지만 많은 용병단이 다른 왕족들에게 붙은 상황이야. 심지어 전속 계약까지 맺을 정도라면 커다란 뭔가가 있지 않겠어?"

"그렇다고 해도 저희 계획엔 차질이 없을 겁니다. 서로 부딪치다 깨지고 깎여 나간 A급 길드를 사들이면 되니까요."

페르노크가 고개를 저었다.

"그럼 세력 확장이 의미가 없지. 되도록 온전한 A급 길드들 포섭해야 한다."

"다른 왕족들에게 붙어먹지 않았습니까. 전속 계약까지 한 상황이면 왕족을 죽이지 않는……."

리오의 눈이 동그래졌음에도 페르노크가 덤덤히 말했다.

"르젠의 왕위 구도를 아주 단순하게 만들어 버리고 싶군."

"위험합니다. 잘못 발을 디뎠다간 자칫 네임드가 수렁에 빠질지도 모릅니다."

"너답지 않게 너무 단순한 방식만 고집하는구나. 굳이 네임드 전체가 나설 필요가 있을까?"

페르노크가 자신을 시험하는 듯하여 리오는 장시간 고민했다.

몇 가지 상황을 머릿속에 계산하고 판을 다시 재조합하여 한 가지 결론에 이르렀다.

"4왕자를 부추기는 건 어떻습니까?"

"왜?"

"현 르젠의 왕위는 1, 2왕자가 굳건한 1순위인 가운데 3왕자가 그 뒤를 맹추격하는 구도죠. 하지만 4왕자도 제법 힘이 있습니다. 그 존재를 부각시키면 다른 왕자들은 분명 의식하기 시작할 겁니다. 그 아래에 위치한 왕족들은 위기감을 느끼고 4왕자를 견제할 겁니다."

"그럼 자드와 조디악이 위험해지지 않을까?"

"4왕자에 저희 쪽 패를 하나 붙여 주면 됩니다."

"누굴?"

리오는 페르노크 입가에 걸린 미소를 보며 확신했다.

"루인 님이요."

페르노크가 씨익 웃었다.

"마도사라는 정체를 들키면 위험하니, 적당히 실력을 감춰서 4왕자 쪽에 붙이면 됩니다."

"7레벨 수준이면 좋겠군. 그만한 고수가 재야에 숨어 있다면 4왕자도 눈에 불을 켜고 찾겠지."

"그렇게 4왕자에 파고든 루인 님을 기점으로 아래의 왕족들을 차례대로 삼킨다면."

"4왕자의 세력은 불어난다. 그리고 4왕자는 다른 왕족들이 숨겨 놓은 힘도 가져갈 수 있겠지."

"그럼 3왕자가 4왕자에게 위기감을 느낄 테고."

"거대해진 두 세력이 붙는다. 4왕자가 깨지고, 3왕자도 적지 않은 타격을 받는다."

"그럼 1, 2왕자가 피폐해진 3왕자를 완전히 꺾어 버리겠군요."

페르노크가 영혼 구별을 사용했다.

역시나 전쟁 이후로 침체되었던 리오의 재능이 색채를 발했다.

"양자구도를 만들고 싶으신 겁니까?"

리오를 단순히 돈이나 관리하는 창고지기로 남겨 둘 생각이 없다.

자신이 없을 때, 대신 전권을 맡길 수 있는 참모로 키울 생각이다.

리오는 성장법은 간단하다.

변수가 무수한 전장에 던지고 스스로 궁리하여 타개책을 찾도록 유도하는 것.

그리고 지금 그를 위한 최적의 전장이 마련되었다.

"1, 2왕자가 서로의 동향만 주시하여 타국으로 절대 눈길을 돌리지 못할 정도로 견제하게 만든다."

"그럼 일루미나의 1왕자와의 연결고리도 흐릿해지겠군요."

"그리고 왕자들의 경쟁이 가속되겠지."

"하지만 그 정도만으론 페르노크 님께서 움직일 명분으로 부족하다고 판단됩니다."

"여기서 더 얻을 게 있나?"

"왕족들이 숨겨 놓은 힘."

"그게 뭔 줄 알고?"

"모르니 투자할 만한 가치가 있는 거겠죠. 해서, 4왕자에게 루인 님을 붙인 거 아닙니까. 4왕자가 다른 왕족들을 병합해서 세력을 키우면 그 힘을 페르노크 님께서 집어삼킬 수 있도록 말이죠."

거위의 배를 불리는 작전이다.

루인이 조금만 힘을 써 줘도 4왕자는 강성해진다.

4왕자에게 모인 세력이 3왕자에게 박살나는 순간 페르노크는 루인을 이용해 흩어진 힘을 모두 가져올 생각이다.

그리고 그 힘들이 깨져나가지 않은 상태에서 온전히 받아들이려면 단 하나의 선택을 해야 한다.

"2왕자가 내게 목을 매도록 만들어야지."

4왕자를 친 3왕자.

그가 도를 넘지 못하게 견제할 방법은 '세력 확장'을 제시한 2왕자의 입김이다.

"박살 난 왕족들의 힘을 온전히 내가 가져올 수 있도록."

왕위 후계를 위해 준비한 왕족들의 힘이 어느 정도일지 예상하기 어렵다.

하지만 그 힘을 얻는다면 페르노크의 세력은 비약적으로 방대해져 마침내 일루미나로 진격할 힘이 충족된다.

즉, 르젠의 왕위 구도는 페르노크가 부족한 점들을 모두 채워 줄 황금벌판인 셈이다.

"2왕자 측의 권유를 페르노크 님께서 거절하지 않으셨습니까?"

"보류 중이지. 다른 왕족들이 찾아올 경우를 대비해서 여운만 남겨 뒀지만, 막상 판을 짜니 2왕자가 핵심이더군. 게다가 그는 나를 절대 포기하지 못해."

르젠의 세 마도사 중 한 명이 죽었다.

마도사는 1왕자 측에 1명, 그리고 살라반 측에 1명. 총 2명만이 남았다.

살라반에게 붙은 그자가 이 나라의 모든 군권을 장악하고 있다.

여기에 페르노크 같은 실력자가 붙는다면 무력 면에서 1왕자에 절대 꿀리지 않을 것이다.

"하여, 난 2왕자에게 단독으로 갈 생각이다."

길드를 드러내지 않고, 다른 왕자들에게 눈총받지 않게 활약할 방법.

'나 혼자 이름을 숨기고 들어가 은밀히 기동하는 것.'

2왕자의 그림자 무사가 되어 흔적을 감추며 일을 진행한다.

"궂은일을 도맡아 하실 겁니다."

"그래야 좋은 물건을 얻지."

2왕자는 솜씨 좋은 칼을 어떻게 활용할지 잘 알고 있다.

그 정도의 책략은 구사할 수준이라고 판단했다.

분명 그는 페르노크를 이용해 정적들을 습격하거나, 왕족들이 숨겨 놓은 비밀을 파고드는 용도로 활용할 것이다.

그게 중요했다.

정적들에게 타격을 주는 것.

바꿔 말하면 정적들이 가진 보물을 페르노크가 중간에서 가로챌 수 있다는 뜻이었다.

"4왕자에게 다른 멍청한 왕족들의 힘을 집중시키고, 난 2왕자가 노리는 큼지막한 먹잇감들을 중간에서 **빼돌린다**."

"하지만 2왕자는 임무를 성공한 페르노크님의 겉모습을 굳건하게 신임할 테니, 향후 1왕자를 견제하는 것뿐만 아니라 페르노크 님께 많은 힘을 실어 줄 수 있을 겁니다."

이쪽도 아주 좋은 패를 가지고 있다.

페르노크가 사생아라는 사실을 밝힌다면, 외교적 힘이 1왕자보다 떨어지는 살라반이 과연 어떤 반응을 보일까.

페르노크는 그 후의 광경이 눈에 선해서 씨익 웃고 말았다.

"차라리 2왕자가 왕이 될 수 있도록 단단히 밀어주는 건 어떤지요?"

"일루미나로 가기 전에 잠깐 거쳐 가는 여흥일 뿐이다. 능력이 되면 살라반이 알아서 챙겨 먹겠지. 우린 우리가 얻을 것만 생각하면 돼."

"그럼 저도 루인 님과 4왕자 측에 붙어도 되겠습니까?"

"네가?"

리오의 재능이 석양처럼 타오른다.

"거위의 배를 온전히 불리기만 해서야 되겠습니까. 그것이 갈라졌을 때, 나올 보물을 더 많은 곳에 깊숙이 투자해야 몇 배의 이득을 얻는 셈이지요."

"좋을 대로 하거라."

"감사합니다. 그럼 저도 움직이겠습니다."

페르노크와 리오는 향후에 일어날 모든 상황을 재정립했다.

페르노크, 루인, 리오.

셋이 움직여 르젠을 흔들고 그들이 숨겨 놓은 힘과 보물을 모조리 가져온다.

그리고 1, 2왕자의 양대 세력 구도를 만들어 일루미나와 이어진 모든 연결을 끊어 버린다.

사안을 명료하게 정리하고서 리오는 루인에게 향했다.

* * *

다음 날, 페르노크는 아침 일찍 살라반을 찾아갔다.

햇살이 스며드는 테라스에서 느긋하게 차를 마시는 살라반과 마주했다.

"저를 찾으셨다고요?"

"이제 곧 돌아갈 때가 되었으니, 답을 듣고 싶군요."

"글쎄요. 제가 무엇을 바라는지 저도 잘 모르겠습니다."

"S급 용병단의 창설을 허가하겠습니다."

왕이 되어야 할 수 있다는 일을 바로 거론한 살라반에게 페르노크가 의외라는 표정을 지어 보였다.

"그간 서로를 파악할 시간은 충분했다고 봅니다. 지금 다른 왕자들에게 A급 길드들이 붙어 있다는 사실도 알고 있겠지요?"

살라반은 작정하고 페르노크를 불렀다.

여기서 모르쇠로 일관한다면 살라반의 인내심도 한계에 달할 것이다.

페르노크가 은은한 미소를 지으며 말했다.

"예. 네임드를 포섭하고 싶다는 제안이 있더군요."

"저는 이 복잡한 왕위 구도를 단순하게 만들려고 합니다. 왕족들간의 충돌은 불가피할 터. 그 과정에서 떨어져 나간 A급 길드들의 안전은 전적으로 페르노크 길드장님께 맡기겠습니다."

"S급 길드 창설은 본래 어렵다고 하지 않았습니까?"

"시기의 문제였을 뿐, 그에 대한 허가는 이미 받아 두었습니다."

아마도 군부를 장악한 이 나라의 또 다른 마도사일 것이다.

"이달 안에 법이 바뀔 겁니다. 물론, 저로서도 그걸 통과시키기 위해 상당한 출혈을 감내했지만, 페르노크 길드장님에겐 그 이상의 가치가 있다고 판단했습니다."

살라반의 일주일은 그 법을 성립시키기 위한 시간이었다.

"나라에 대한 충심이 보장된 용병이라면 S급 길드를 가지더라도 상관없겠죠. 그것은 분명 국익에 도움이 될 테니까요."

그러니 S급 길드가 되고 싶다면 합류해라.

"저 또한 왕자님께 가치를 증명해야겠네요. 그래야 S급 길드로 도약할 수 있을 테니."

"하하하, 이제야 말이 통하는군요."

"두 가지만 더 부탁드려도 되겠습니까."

"말만 하세요. 제가 할 수 있는 일이라면 최대한 들어드리죠."

페르노크가 미소 지었다.

"제 이름이 새어 나가지 않도록 정보를 차단해 주십쇼."

"그건……."

"인재를 모아 자랑하고 싶은 마음은 알겠습니다. 하지만 솜씨 좋은 칼은 절대 보이는 게 아닙니다."

살라반이 저의를 눈치채고 눈동자를 반짝였다.

"한 수 배우는군요. 좋습니다. 그리하지요."

"다른 하나는 계약 기간입니다."

"기간?"

"설마, 종속 계약을 하려는 건 아니셨겠지요?"

"전속도 꽤 오랜 시간을 한다고 압니다."

페르노크가 고개를 저었다.

"6개월입니다."

"대가에 비해 너무 야박한 조건 아닙니까?"

"단, 그 6개월 안에 왕자님께서 만족하실 성과를 증명해 드리죠."

시간이 짧을수록 큼지막한 물고기가 있는 곳에 미끼를 던지는 법이다.

촉박한 시간은 오히려 페르노크를 다른 왕족들의 알맹이가 있는 곳에 인도할 것이다.

"하지 못하면?"

"기간을 연장하죠."

대범한 제안에 놀랐음인가.

살라반이 표정을 숨기지 못했다.

"저는 왕자님과 생각이 비슷합니다. 복잡한 건 단순해

져야 합니다. 칼은 썩은 것을 도려내기 위해 써야 하는 법이지요."

말없이 페르노크를 바라보던 살라반이 이윽고 웃음을 터트렸다.

"하하하하하하하!"

그리고 쓱 손을 내밀었다.

"걸물이군요. 좋습니다. 서로 신뢰가 깨지지 않도록 최선을 다해 봅시다."

"잘 부탁드립니다, 왕자님."

페르노크가 손을 맞잡으며 씨익 웃었다.

* * *

리오는 부유하는 성이 잠든 산에 도착했다.

쌍바위 길 지점에 서 있자 루인이 찾아왔다.

"페르노크 님의 선물입니다."

리오가 내민 상자를 루인이 받아 열었다.

라이오닉의 마지막 코어 재료, 공허한 눈동자가 담겨 있었다.

'역시, 각성에 성공했군.'

산맥의 주인을 죽일 정도면 페르노크는 마도사에 이르렀을 것이다.

그날, 마물을 퇴치하면서 느낀 페르노크의 강렬한 기운

을 떠올리며 루인이 기분 좋게 웃었다.

"산맥은 어떻습니까?"

"왕실 조사단이 파견되어 약간의 문제가 있었습니다."

"누가 찾아온 거죠?"

"살라반. 이 나라의 2왕자입니다."

"혹여 그 2왕자가 귀찮게 군다면……."

루인의 눈동자가 서슬 퍼렇게 빛나자 리오가 가슴을 쓸 어내렸다.

페르노크도 무섭지만, 루인은 가슴을 옥죄는 원초적인 공포가 자극한다.

"그럴 일은 없습니다. 페르노크 님은 2왕자에게 붙었거 든요."

"설마, 르젠의 왕위 쟁탈전에 끼어든 겁니까?"

"예."

"왜 일루미나로 가지 않고 굳이 그런 선택을 하신 거죠?"

"그곳의 1왕자가 일루미나의 1왕자와 긴밀한 관계를 맺 고 있기 때문입니다."

"왕위 다툼을 촉진시켜, 후방의 위험을 제거하려는 뜻 입니까?"

"단지 그뿐만은 아닙니다. 이번 전쟁을 통해서 다시 한 번 전력을 가다듬어야 할 필요성을 느꼈습니다. 페르노 크 님께선 왕위 쟁탈전을 이용해 르젠의 인재와 보물들 을 모두 쟁취하실 생각이십니다."

곰곰이 생각하던 루인이 고개를 끄덕였다.

"나쁘지 않군요. 이 나라의 왕족들은 저마다 특기가 분명하고 그에 따른 보물을 감춰 놓고 있습니다. 그걸 하나씩만 가져와도 페르노크 님의 전력은 비약적으로 상승할 거예요. 다만, 페르노크 님께서 전면에 나서신다면 혹 실패했을 경우 골치 아픈 일들이 벌어질 겁니다."

"그것 때문에 페르노크 님께서 루인 님께 한 가지 부탁을 드렸습니다."

"뭔가요?"

리오가 깊이 심호흡하며 말했다.

"7레벨 마법사 수준으로 변장해서 4왕자에게 붙어 달라고 하셨습니다."

"4왕자의 세력을 키워서 잡아먹을 생각입니까?"

역시 루인은 판세를 읽는 눈이 남다르다.

추가 설명이 없었음에도 페르노크가 무엇을 원하는지 정확히 꿰고 있다.

"예. 4왕자는 배를 불리는 용도고, 그걸 3왕자가 견제해서 터트려 주는 순간. 르젠은 1, 2왕자의 양자구도로 정립될 겁니다."

"그럼 일루미나로 돌아갔을 때, 르젠 쪽은 걱정할 필요가 없겠네요. 잘하면 살라반도 손에 쥐고 흔들 수 있으니 괜찮은 생각 같습니다. 특히 페르노크 님께서 사생아라는 점이 향후 큰 도움이 되겠지요."

살라반이 1왕자보다 부족한 점은 외교적 실리다.

1왕자는 마법사들과 타국과의 교류를 중시하여 많은 중진들의 힘을 얻었다.

하지만 살라반은 젊은 인재 양성에 치우쳐 외교 관계를 소홀히 한다는 비판을 받고 있다.

외교 관계를 중시하는 중진들의 힘을 돌려놓기 위해선 살라반도 외교적 실리를 증명해야 한다.

"처음부터 밝히는 것도 나쁘진 않습니다. 살라반이 쌍수를 들고 환영할 거예요."

"저도 그렇게 말씀드렸지만 페르노크 님께선 다른 생각이 있으신 것 같습니다. 포석을 먼저 놓은 뒤에 사생아라는 사실을 밝힌다고 하십니다."

루인이 고개를 끄덕이며 웃었다.

"허허허, 참 대담하신 분입니다. 적진 한복판에서 칼춤을 추고 살을 도려내 자기한테 붙이려 하다니요."

"참, 이 말도 함께 전하라고 하셨습니다."

"……?"

"내기에 졌으니 잠자코 내 임무를 수행해라. 잠깐 애들과 놀아 주라고 말이죠."

"허허허허허허! 잠시만 기다려 주시겠습니까."

호탕하게 웃은 루인이 공허한 눈동자를 들고 쌍바위 안으로 들어갔다.

잠시 후, 대지에 미약한 진동이 흐를 때 루인이 다시

나왔다.

"공허한 눈동자를 코어에 장착하고 왔습니다. 코어와 자연스럽게 연결되려면 적어도 1년은 필요하겠죠. 우리 여정도 그 안에 끝낼 수 있습니까?"

"6개월이라고 하시더군요."

"일루미나까지 2년 남았으니, 6개월 후에 남은 시간은 세력 강화에 쓰겠네요."

"골치 아픈 일을 맡겨 죄송합니다."

"아닙니다. 저도 슬슬 실전 감각을 되찾아야겠다고 생각하던 중이었어요. 오히려 도움이 된다니 다행이군요."

루인이 웃으며 마력을 돌리기 무섭게 머리색과 골격에 변화가 생겼다.

"이 정도면 어떻습니까?"

"10년은 젊어 보이시네요."

"예비 신분으로 젊은 날의 용병 자격증을 사용하겠습니다. 그리고."

루인이 리오의 얼굴을 손으로 훑었다.

눈 깜빡할 사이, 리오는 까무잡잡한 모습의 중년인의 모습으로 둔갑했다.

"S1의 마도사가 와도 절대 들키지 않을 겁니다."

"감사합니다, 루인님."

루인이 중절모를 눌러썼다.

"일은 언제부터 시작합니까?"

"왕도에 도착하는 대로 시작하시죠."

"가볍게 즐겨 볼까요."

"잘 부탁드리겠습니다."

부유하는 성을 거대한 마력으로 가린 루인이 리오와 르젠 왕국의 수도로 향했다.

* * *

페르노크는 부길드장들에게 계획을 설명했다.

다들 터무니없는 스케일에 꿀 먹은 벙어리가 되었지만, 누구도 반대하지 않았다.

설사, 일이 틀어지더라도 자신들은 일루미나로 터전을 옮기면 그만이다.

"여기까지 와서 선과 악을 따져 가며 양심을 거론하는 한심한 놈들이 있을 거라고 생각하지 않는다."

페르노크가 굳은 표정의 부길드장들을 둘러보았다.

"고작 길드뿐인 우리가 더 높은 곳에 이르기 위해선 비정하고 무정해져야 한다."

"너무 겁주지 마. 난 사실 왕족들에겐 관심 없어."

엔리가 쓰게 입맛을 다시며 말을 이었다.

"자드는 일면식이 있거든. 걔만 데려올 수 있다면야 길드장 의견에 적극 찬성해."

"마찬가지입니다. 조디악은 훌륭한 마법사죠. 다른 A급 길드들까지 포섭할 수 있는데 마다할 이유가 없습니다."

"애초에 길드장님께서 사생아라는 걸 알고 따르지 않았습니까. 이런 일도 있을 거라고 예상은 했습니다. 단지, 생각보다 빨라서 놀란 것뿐이에요."

이 자리까지 올라오면서 손에 구정물 안 담가 본 사람들이 있을까.

"괜한 걱정이었군."

이득을 얻기 위해서라면 길드전도 마다하지 않는 이들에게 페르노크가 부드럽게 말했다.

"6개월 안에 일을 마무리할 거다. 내가 없는 동안 변신에 능한 마법사를 나로 변장시켜 이곳에 두도록."

"알겠습니다. 그런데 이 짧은 시간 안에 모든 것들을 실행할 수 있겠습니까?"

살리오의 물음에 페르노크는 단호히 답했다.

"왕족들은 탐욕스럽지. 필요하다면 사생아도 찾아내 싹을 잘라 버릴 만큼."

아주 약간의 부채질만으로 르젠 왕국의 도화선은 불타오른다.

"누구도 눈앞의 기회를 보고서 욕망을 다스릴 수 없어. 우린 그곳에 약간의 부채질만 해 주면 돼."

페르노크도 경험해 봐서 잘 알고 있다.

그가 살아생전 받들었던 나라가 어떻게 몰락했는지 아직도 잊히지 않는다.

"어렵게 생각하지 마. 우리가 얻을 우리의 이익만 생각해라."

세 사람이 결연한 표정으로 고개를 끄덕였다.

* * *

살리오가 조디악에게 다가갔다.

"우리 길드장은 2왕자 쪽에 붙기로 했다."

조디악의 얼굴이 딱딱하게 굳어졌다.

"굳이 네임드가 2왕자와 함께할 이유가 있어?"

"나도 잘 모르겠다. 하지만 2왕자가 길드장에게 아주 좋은 조건을 제시한 모양이야."

"우리가 제시할 순 없는 조건이겠지?"

"아마도. 길드장은 한 번 결심한 이상 물러서는 법이 없다."

"하아……."

"너는 계속 4왕자에게 붙겠나?"

"이미 전속 계약을 맺었어. 앞으로 2년은 꼼짝없이 함께할 거다."

"서로 부딪치지 않기를 바라야겠군."

"아쉬워. 너와 다시 합을 맞추고 싶었는데."

조디악의 굳은 표정을 살피며 살리오가 품에서 지도 한 장을 꺼냈다.

"대신이라고 하기엔 뭐 하지만 여기 한번 찾아가 봐."

"르젠 왕국의 수도? 골동품점이라고 쓰여 있는데, 여긴 왜?"

"그 주인장이 7레벨 마법사다. 소속도 없고, 정체를 아는 자가 극히 드물어. 나도 우연히 알아서 계속 산맥으로 모시려고 했던 귀한 분이다."

"……!"

"길드장에겐 보름 후에 알릴 거야."

"왜, 이걸……."

"그래도 허무하게 죽진 말아야지."

살리오는 말문이 막혀 버린 조디악의 어깨를 두드려 줬다.

"2왕자가 득세하면 약한 왕족부터 청소하지 않겠나."

조디악이 마른침을 꼴깍 삼켰다.

"다시 말하지만 보름이다. 4왕자의 역량이 네 기대에 미치지 못한다면 난 망설이지 않고 네임드에 이분을 모셔 올 거야."

살리오가 돌아섰다.

조디악이 어떤 표정을 짓고 있을지 안 봐도 알 수 있다.

그는 이런 기회를 쉽게 놓칠 사람이 아니다.

* * *

"4왕자에게 얘기해. 행여나 2왕자와 부딪치지 말라고."

엔리가 능글맞게 얘기하자, 자드는 쓴웃음을 삼켰다.

"쯧, 일이 참 어렵게 흘러가네. 야, 너희 길드장 어떻게 설득 못하냐?"

"산맥으로 혼자 들어가던 모습 잊었어? 너 같으면 가능하겠냐?"

"끄응……."

"그러게 왜 4왕자 같은 놈한테 붙어먹어서는."

"……내가 이럴 줄 알았나! 산맥 쪽 용병들은 귀족들과 접점이 없을 줄 알았지!"

"태평한 소리나 한다. 진짜!"

"하아. 야, 우리도 진짜 좋은 패 하나 들고 있거든?"

"그걸로 2왕자라도 치게?"

"2왕자는 무리지만…… 3왕자까지는 어찌?"

엔리가 고개를 저었다.

"그러지 말고 우리 길드장이 종종 사용하는 수법이 하나 있거든?"

"무슨?"

"왜 제이크가 죽고, 우리가 통합됐는지 알아?"

"자세한 건 모르지."

"그럴 줄 알았어. 잘 들어. 우리 길드장도 진짜 굉장한 패를 가지고 있었는데, 지금까지 계속 숨기고 있었어. 심지어 제이크를 죽일 때도 드러내지 않았단 말이야."

자드가 귀를 쫑긋 세웠다.

"그래서?"

"우리가 만만하게 보고 덤볐다가 그대로 털린 거 아니야."

"무슨 말이 하고 싶은 건데."

"감춘 패로 왜 위를 치려고 생각하는 거야. 이 얼간아."

"응?"

"4왕자를 부추겨! 위를 노릴 만한 패가 있으면 아래부터 쓸어 담으라고."

"……오!"

"감탄은 얼어 죽을! 으이구, 진짜 대가리 안 돌아간다."

"크, 크흠. 아무튼 아래를 쓸어?"

"야, 우리 길드장은 말이야."

엔리가 자드 귓가에 속삭였다.

"가장 만만한 새끼부터 족쳐. 그리고 그 새끼들 물품을 싹 쓸어 담아."

"약탈?"

"전리품이지. 너희 세력 별 볼 일 없잖아. 그럼 밑에서부터 약한 왕족들 공략해. 걔들이 가진 권력과 힘을 모두 너희들이 가져가. 그렇게 규모를 키우면 위에 놈들하고도 한판 붙어 볼 만하지 않겠어?"

자드의 눈이 동그래지자, 엔리가 씨익 웃었다.

"위만 보지 말고 아래부터 봐. 어차피 시작할 싸움. 물러날 수도 없다면 배라도 든든히 채우고 나가야 하지 않겠어?"

자드가 코를 벌렁거린다.

흥분할 때마다 나오는 그의 버릇을 놓치지 않으며 엔리가 씨익 웃었다.

* * *

페르노크는 간편한 옷차림으로 살라반의 마차에 올라 탔다.

"주도면밀하군요. 아무도 길드장이 산맥을 벗어난 걸 몰라요."

"청소부라면 응당 이래야 하는 법이죠."

왕위 쟁탈전은 사소한 것 하나가 귀족들의 등을 돌리게 만든다.

하지만 경합이 치열할수록 그릇된 욕망들이 속출할 테고, 이를 처리해 줄 사람들이 필요하다.

그들을 청소부라 부르며 살라반 역시 몇 명 가지고 있다.

하지만 그 수준이 3, 4레벨에 불과할 뿐이다.

그런 면에서 청소부를 자처한 페르노크는 지금 살라반에게 가장 절실한 존재였다.

"제 옆에서 함께 드러내 놓고 싸우면 명성이 더 높아질 텐데 아쉽군요."

"본디 날카로운 날은 숨기는 법입니다. 누구도 예상하

지 못한 순간에 뽑아들어 그 진가를 선보이는 거죠."

"길드장님의 뜻이 정 그렇다면 더는 말리지 않겠습니다."

살라반이 무언가를 쓰윽 꺼냈다.

누군가의 이름과 구성원이 적혀 있는 신상 명세서였다.

"이게 뭡니까?"

"나라의 살림을 빼먹는 해로운 자들입니다. 귀한 세금으로 사적인 연구를 일삼는 이 무리들을 처분해 주세요."

해당 지역을 살펴본 페르노크가 고개를 갸웃했다.

"이 지역은 1왕자의 별장 부근 아닙니까."

살라반은 말없이 미소 지었다.

'사적인 연구라는 게 1왕자의 비밀 연구소를 말하는 거였나.'

왕실을 조사하며 1왕자가 높은 수준의 마력 병기를 개발한다는 정황을 포착했다.

살라반은 소문으로만 들리던 불확실한 정보를 확실히 파악하고 있었다.

'1왕자가 은밀히 추진하는 연구소를 박살내고 연구 결과만 가져온다. 그럼 나는 계약이 끝난 이후에도, 그 운신의 폭이 2왕자를 벗어나지 못하겠군. 제법, 머리 좀 썼어.'

이 나라의 가장 왕에 근접한 자를 물 먹이면서, 행여나 다른 왕족들과 빌붙지 못하게 만들겠다는 의도까지 함께 담겨 있었다.

페르노크는 피식 웃었다.

어차피 1왕자와 자신의 길은 다르다.

괜한 우려다.

그러나 이 일을 성공적으로 끝마친다면 페르노크의 대우, 조건, 가치가 더욱 높아진다.

"길드장님의 실력과 깔끔한 일 처리를 보고 맡기는 의뢰라고 생각해 주세요."

"이번 경우는 저 혼자 움직이는 터라 흔적이 남을지도 모릅니다."

"사소한 일은 제가 알아서 처리해 드리죠."

뒤처리를 걱정하지 말라는 살라반의 자신감이 마음에 들었다.

무엇보다 이 안에 담긴 의뢰 내용이 군침을 흘리게 만든다.

'역시 시간을 짧게 좁혀 2왕자를 안달 나도록 만든 게 적중했군.'

페르노크가 말미에 적힌 정보를 살피며 씨익 웃었다.

마력섬광포.

이 연구소는 마력포의 최신 개량 형태를 연구하는 전술 병기의 핵심을 담당하고 있었다.

'이 지식을 부유하는 성에 더한다면 어떤 파괴력이 나올까.'

연금술과 마력 병기를 함께 적용시킬 생각을 하자 벌써

부터 손이 근질거렸다.

* * *

"다들 떠나네."

자드와 조디악이 4왕자의 곁으로 돌아갔다.

페르노크 또한 살라반과 수도로 향했다.

남겨진 이들은 왠지 뭐라도 해야 할 것 같은 기분이었다.

"리오는?"

"일이 끝날 때까지는 길드에 못 돌아온다고 하더군."

살리오가 답하자 엔리는 입맛을 다셨다.

"쩹, 우린 뭐 집 지키는 똥개인가?"

"필요할 때 따로 부른다고 했다. 그때까지 우린 실력을 갈고닦아야 해."

살리오가 페르노크와 똑같은 모습의 길드원을 돌아보았다.

"네가 할 일은 그저 길드장님의 빈자리를 채워 주는 것뿐이다. 모든 업무는 우리를 통해 결재받고, 절대 서툰 행동으로 의심받지 않게 조심하도록."

"예."

"길드장님이 돌아오실 때까지는 네 이름을 잊고 살아야 한다."

"명심하겠습니다."

"공석에선 하대해."

페르노크로 변신한 길드원이 고개를 끄덕이며 집무실로 들어갔다.

살리오와 엔리가 연병장으로 향하자, 할람과 길드원들이 기다리고 있었다.

"우린 정상의 훈련장 건설을 마무리한다! 또한 소재 가공소를 만들어야 하니 협회와 긴밀하게 움직일 수 있도록!"

"예!"

"나머지 인원은 할람 부길드장과 전쟁에서 미진했던 부분을 계속 훈련한다! 반년이 지나도록 성과 하나 없으면 너희들 모두 강등이야. 알겠어!?"

"예!"

"바로 움직인다! 상위 마물이 재생성되기 전에 모든 일을 끝마쳐라!"

우렁찬 소리가 연병장에 울려 퍼졌다.

페르노크와 리오가 없는 길드를 노련한 A급 길드장들이 경험을 살려 능숙하게 운영하고 있었다.

* * *

같은 시각, 페르노크는 산 한복판에 둘러싸인 건물들을 내려다보고 있었다.

"죄다 별장 같은 곳이군."

지도에도 표시되지 않은 곳.

하지만 저 안에서 무수한 마력이 느껴진다.

"오히려 잘됐나."

사람의 발길이 닿지 않는 곳이다.

저곳의 경계망만 무너뜨리면 연구소를 부수더라도 무슨 일이 일어났는지 알기 어렵다.

만약, 연락이 가더라도 연구소를 수습하러 오기 위해선 꽤 오랜 시간이 필요할 것처럼 보였다.

이 근방에는 성도 없고 민가도 없으니 사실상 저 안의 마법사들만 처리하면 임무는 쉽게 완료된다.

'마력섬광포의 설계도만 내 것으로 만들면 되겠지.'

이쪽엔 루인과 보들레아의 기억이라는 각 분야의 최정상을 달성한 마스터들이 있다.

설계도만으로 마력섬광포를 재정립하는 일은 어렵지 않을 것이다.

페르노크가 입맛을 다시며 아래로 내려갔다.

수많은 건물들 중 외부와 연결된 독특한 마력 선이 보였다.

'닿으면 바로 경계령이 발동된다.'

촘촘한 경계망은 대부분 일반인의 눈에 띄지 않는 마력 트랩들이다.

페르노크가 관찰안으로 빈틈을 발견해 파고들었다.

"누구……."

건물 모퉁이에서 갑작스럽게 튀어나온 사내를 제압하고 열린 문 안을 살폈다.

역시나 외부로 신호를 보내는 섬세한 마력 선들이 가득했다.

'이걸 해체하면 되겠군.'

마력 선을 모두 파악하고 역순을 더듬어 무력화시키는 데 고작 1분.

외부 마력 트랩과 경계령을 알리는 신호망이 모두 제거되자 페르노크는 당당히 건물 사이를 누볐다.

'이곳에 지하가 있었나. 6레벨 마법사 2명과 5레벨 마법사 10명이 이 아래에 있군.'

가히 A급 길드 2개를 합친 전력이지만 카르고라스를 집어삼킨 페르노크에겐 여유로웠다.

"누구지?"

"외부에서 연락 온 거 있어?"

지나가던 길에 3, 4레벨의 마법사들과 마주쳤다.

경비병으로 짐작되는 일반 병사 10명도 함께 달려 나왔다.

'트랩이 발동했다면 아찔했겠군. 어지간한 기사단이 찾아와도 능히 막을 수 있고, 그동안 1왕자에게 신호가 향하니, 곧 원군이 도착한다.'

병사들과 마주하자, 살라반이 연구소의 존재를 알면서도 왜 쉽사리 건들지 못했는지 이해했다.

그리고 이곳을 처리한다는 의미가 살라반에게 얼마만큼의 신용을 얻게 되는지도 파악했다.

'왕족들은 마력섬광포보다 더 위협적인 물건들을 가지고 있을 거야. 살라반이 그놈들을 노리게끔 이곳을 깔끔히 처리해 둬야겠어.'

모든 적을 살려 두지 않는다.

압도적인 위용을 뽐냄으로써 그동안 처리하지 못했던 일들을 페르노크가 독점한다면, 마력섬광포 이상의 보물을 얻게 될 것이다

"소속을 밝혀라."

마력 트랩이 발동하지 않은 외부인은 보통 손님이라 인식하기 마련이지만, 페르노크에게서 흘러나오는 기세가 범상치 않았다.

어느새 그들은 마력을 끌어 올리며 위협적인 자세를 취했고.

쿵쿵쿵!

육중한 갑옷이 땅으로 떨어져 내린 순간, 자신들이 베였다는 사실을 인식했다.

그렇게 그들은 눈을 뜬 상태로 죽었다.

페르노크가 마법사들의 영력과 마력을 흡수하며 오른쪽 구석으로 시선을 돌렸다.

건물이라기엔 유독 작은 민가처럼 보이는 곳.

여러 개가 밀집된 공간에서 수많은 인기척이 느껴진다.

페르노크가 그곳의 문을 열자 벌벌 떠는 아이와 여성들이 주저앉아 있었다.

'민간인?'

그들은 페르노크가 병사를 죽인 모습을 본 듯했다.

"사, 살려 주세요."

"저놈들의 가족인가?"

그들이 필사적으로 고개를 저었다.

"한데, 왜 이곳에 있지?"

"여, 연구소장이 제 남편이에요."

"소장?"

여인이 아이를 끌어안고 절박하게 외쳤다.

"협력하면 아이는 살려 준다고 약속하셨잖아요!"

그 순간, 페르노크의 머릿속에 수많은 생각이 스쳐 지나갔다.

대략적인 상황에 확신을 구하듯이 페르노크가 물었다.

"다른 건물들에 연구소 직원의 가족들이 있나?"

"그, 그렇습니다."

"연구소장이란 자는 이 중요한 시설에 가족까지 들이고 아주 살판났나 봐?"

여인은 고개를 저었다.

공포심에 젖은 얼굴만으로도 많은 사실을 확인할 수 있었다.

하여, 페르노크는 달콤하게 속삭였다.

"난 이곳에 사로잡힌 이들을 구하려고 찾아왔다."

"그게 정말인가요?"

"아니면 내가 미쳤다고 이 산중까지 기어올라 1왕자의 심복들을 죽일 리가 없지 않겠나."

여인이 경계하는 표정을 짓자 페르노크가 부드럽게 웃으며 물었다.

"그러니 답해다오. 왜 너희들이 이 위험한 시설에 사로잡혀 있는지."

"그건……."

망설이던 여인이 품에서 우는 아이를 보자 비장한 표정이 되었다.

"……그들이 저희를 가뒀어요. 남편의 연구자료가 필요하다고!"

여인의 말은 실로 명쾌했다.

병기연구소에서 독특한 아이디어로 기존의 병기를 개량하는 연구소장인 남편이 1왕자의 부름을 받았다.

1왕자는 적아를 가리지 않고 모두 쓸어버릴 병기를 요구했고, 윤리관에 시달린 남편이 이를 거절했다.

그러자 1왕자가 그들의 가족을 이곳에 가둬 버리는 강수를 두면서 남편과 그 동료들을 모두 마력섬광포 개발에 참여시켰다는 것이다.

'인질이라. 촌스럽기는.'

구구절절한 사연이 페르노크의 가슴까진 울리지 못했다.

'1왕자와 연구소장이 적대적인 사이라면…….'

이 틀어진 관계를 잘 활용한다면?

본래 설계도만 챙겨 가려 했던 페르노크는 생각을 바꿨다.

'……이 설계도를 만든 당사자들을 내 휘하로 끌어들인다면 루인의 방대한 마도 지식과 합쳐 아주 뛰어난 전술 병기를 개발하지 않을까.'

페르노크가 씨익 웃었다.

"사연은 잘 알았소. 걱정 마시오. 나는 이곳에 억울한 자가 없도록 최선을 다할 것이오."

"누구신지……?"

"1왕자와 원한 관계라고 생각하시오."

"……!"

"이 위의 경비병들은 내가 다 제거할 테니, 그대는 인질들을 전부 모아 기다리도록 하시오. 연구소장과 직원들을 모두 데려오리다."

여인이 참았던 눈물을 터트렸다.

페르노크는 적당한 말로 여인을 달래고 지상에 올라온 경비병들을 모두 처리했다.

어떤 신호도 울리지 않았건만, 계속 투입된 경비병들이 돌아오지 않아 묘한 낌새를 느낀 것일까.

지하에 있던 고레벨 마법사들이 올라오기 시작했다.

페르노크는 바로 제이크의 마법을 발동했다.

"마력……?"

뭔가를 느낀 순간, 그들은 전부 검은 구체에 집어삼켜졌다.

그대로 우그러뜨리자 흔적도 없이 사라졌다.

남은 마력과 영력을 흡수하며 내려가니 다른 마법사들이 집결해 있었다.

"웬 놈이냐!"

페르노크가 마법을 발동하고 나서야 그 존재를 눈치챈 모양이다.

'이젠 6레벨도 나를 쉽게 감지하지 못하는군.'

7레벨의 마법사가 있었다면 더할 나위 없었겠지만 페르노크는 아쉬운 대로 마력강체술을 발동시켰다.

일순 묵직하게 내려앉는 마력에 6레벨 마법사들은 표정이 굳어졌다.

"7레벨 이상이다!"

"경계령은 왜 안 울리는 거야!"

신경질적인 목소리와 마력이 한데 뒤엉켜 쏘아졌다.

그림자를 형태로 구현시켜 날카롭게 다듬는 마법과 결계처럼 드리운 벽을 사방에서 조여 오는 특이형의 마법이 제법이었다.

하지만 그들은 본래 위력을 제대로 내지 못했다.

자칫 지하가 무너질 수도 있다는 생각에 출력을 조정했다.

반면, 페르노크는 육체를 강화시켜 위력을 그대로 쏘아

보낼 수 있었으니, 마력을 조절하는 그들은 마력강체술의 표면에 흠집조차 내지 못했다.

쾅!

한 발의 폭음이 6레벨 마법사 둘의 숨통을 앗아 갔다.

페르노크가 피 묻은 주먹을 털어 내자, 공포에 질린 5레벨 마법사들은 지하를 아랑곳하지 않고 마법을 남발했다.

페르노크가 손가락을 튕기자, 아직 꺼지지 않은 제이크의 마법이 그들의 그림자에서 솟구쳐 집어삼켰다.

"기본이 안 되어 있군."

마법사는 자신에게 유리한 전장으로 적을 끌어들여야 한다.

지형 선택부터 마법에 걸림돌이 된 순간 그들은 동 레벨의 다른 마법사를 만나도 쉽게 목숨을 잃고 만다.

지금 허망하게 죽은 6레벨 마법사들처럼 말이다.

"겨, 경계령을 울려!"

복도 끝에서 울려 퍼진 소리에 페르노크가 바로 반응했다.

남아 있는 경비병들을 처리하며 앞으로 나아가니, 얼마 지나지 않아 금속 냄새가 자욱한 공간에 들어섰다.

"이것들이 섬광포의 재료인가."

성에서 봤던 르젠 왕국의 병기들이 분해된 상태로 도처에 널려 있었다.

장비들을 훑으며 테이블에 다가가니, 온갖 설계도들이

어지럽게 널려 있었다.

그중 몇 가지 이론을 살핀 페르노크가 흥미로운 눈빛을 드러냈다.

"섬광포의 산탄 방식이라."

응집시킨 마력을 여러 갈래로 나뉘어 다량의 적을 몰살하는 용도였다.

아군까지 함께 휘말릴 가능성이 매우 높았다.

"마법사가 붙지 않아도 섬광포가 운영되게 특별한 충전 방식까지 연구 중이군."

연금술과는 궤가 다르다.

오직 전쟁에 특화된 병기와 이론들이 페르노크의 구미를 잡아당겼다.

모두 성에 도입할 수 있는 이론들이다.

시행착오도 대부분 거쳐 놔서 크게 조정할 필요도 없었다.

"루인이 보면 아주 기뻐하겠어."

페르노크는 성과가 나온 도면들과 엉성한 실패작들을 따로 구분해 담았다.

살라반은 별 볼 일 없는 실패작들을 받아 들고 어떤 표정을 지을까.

1왕자는 습격당한 연구소를 보며 얼마나 길길이 날뛸까.

충돌이 잦아지면 오늘 같은 전리품은 페르노크의 몫이다.

"누, 누구시오!"

페르노크가 고개를 돌렸다.

연구복 차림의 중년 사내가 놀란 눈을 크게 뜨고 있었다.

"1왕자의 적이다. 너희를 구하러 왔으니 크게 경계하지 말거라."

"뭐, 뭐?"

"저 위에 가족들이 있더군. 그들에게도 이미 설명을 끝냈다. 너희들만 올라온다면 바로 탈출할 준비가 되어 있어."

"……!"

"이곳의 연구소장을 만나고 싶다. 안내해 줄 수 있겠나?"

중년 사내가 떨리는 목소리로 말했다.

"제, 제가 연구소장입니다! 정말 저희를 살려 주시는 겁니까!"

"밖의 시체들을 보지 않았나."

"그건 알고 있습니다. 하지만 왜 저희를 구하는지 모르겠습니다."

불신 섞인 눈동자에 공포심이 어려 있다.

이곳에 납치당해 학대당한 불안감이라도 있는 걸까.

페르노크가 도면을 내려놓으며 덤덤히 말했다.

"난 1왕자의 적이다. 그를 방해하고 싶던 차에 연구소의 존재를 알았고, 너희들을 빼돌리는 게 아주 큰 타격을 입힌다는 결론에 이르렀지. 다만, 이곳의 정보를 알려 준 자가 대가로 이 도면을 요구한다."

연구소장이 마른침을 꼴깍 삼켰다.

"하지만 이 연구는 몹시 위험해 보이는군. 이대로 그자에게 가져갔다간, 얼마나 큰 피해가 발생할지 예측하기 어려워."

"그 말씀이 사실이라면…… 제게 한 가지 생각이 있습니다."

"뭐지?"

"잠시 도면을 주십시오."

연구소장이 실패작과 성공작을 기묘하게 섞기 시작했다.

눈앞에서 이론이 새롭게 정리되고 있음에도 그것이 가짜라는 사실을 믿기 어려웠다.

"이 정도면 될 겁니다."

"뭐가 달라진 거지?"

"직접 만들고 나서야 이게 잘못되었다는 사실을 인식하도록 그럴싸한 가짜 이론을 만들었습니다. 이 방식은 아무리 사용해도 계속 실패할 겁니다. 연구 중에 나온 시행착오라고 결론짓도록 만들었죠."

"좋군."

페르노크가 살라반에게 줄 가짜 도면과 자신이 가질 진짜 도면을 나눠 들고 움직였다.

"직원들을 모두 위로 불러 모아. 바로 탈출한다."

* * *

연구소를 붕괴시키고 직원들과 가족들을 함께 대피시

켰다.

페르노크가 산에 올라 잠시 쉬면서 주위를 둘러보았다.

혹시나 살라반이 감시를 붙이지 않을까 우려했지만, 인기척은 느껴지지 않았다.

"감사합니다."

연구소장이 다가와 고개를 숙였다.

"이제 어디로 갈 건가?"

"글쎄요……."

연구소장은 씁쓸하게 웃었다.

한평생 열정을 불태운 나라에서 개처럼 사육당했으니 어디로 망명해야 할지 막막할 것이다.

"괜찮다면 나를 따라오지 않겠나?"

"혹, 르젠 분이 아니십니까?"

"일루미나에서 왔다. 지금은 마물의 산맥에서 길드를 이끌고 있지. 네임드라고 한다."

"네임드?"

아무래도 연구소장은 외부와 많은 정보가 차단된 것 같았다.

"소개는 차차 하도록 하지. 아무튼 나는 너희들을 받아들일 장소도 마련해 줄 수 있어."

"저희에게 무엇을 바라시는지요?"

"1왕자를 견제할 힘."

그 순간, 연구소장의 눈동자에 적의가 타올랐다.

"1왕자…… 개새끼……!"

"난 1왕자처럼 너희의 연구를 강제할 생각은 없다. 하지만 단 하나면 된다. 그놈을 이길 만한, 왕국에 대적할 만한 힘이 필요해. 날 도와줄 수 있겠나?"

"가족의 안전이 보장된다면."

연구소장이 씹어뱉듯 말했다.

"그놈을 쳐 죽이는데 뭔들 못하겠습니까."

"고맙군. 일단 대피할 곳을 따로 마련해 두지. 안전한 장소가 확보될 때까진 그곳에 잠시 몸을 숨겨."

"고맙습니다."

"나야말로."

페르노크가 산맥에 서신을 보내 입이 무거운 길드원들을 불렀다.

길드에서도 간부진들만 아는 은밀한 장소에 마력섬광포의 진짜 설계도와 연구진들을 숨겼다.

그리고 페르노크는 가짜 이론을 들고 살라반에게 돌아갔다.

(이번 생은 황제로 살겠다 4권에서 계속)